KB263243

이 책이 모양을 갖추어 세상에 나올 수 있도록 이해와 지원을 아끼지 않은
켄, 플로 제이콥스, 어니 게어, 폴 파벨, 루이즈 필리, 스티븐 헬러, 데보라 칼,
그리고 말라 슈피겔만에게 감사 드린다.

그리고 이 책을 만드는 과정에서 프랑소와즈 몰리가 보여준 현명함과 집중력,
뛰어난 편집 능력과 사랑에 깊은 감사를 전한다.

한 생존자의 이야기

AUS
조
합본
한 생존자의 이야기
아버지에게
맺혀있는
피의 역사
여기서
나의 고난은
시작됐다
art spiegelman

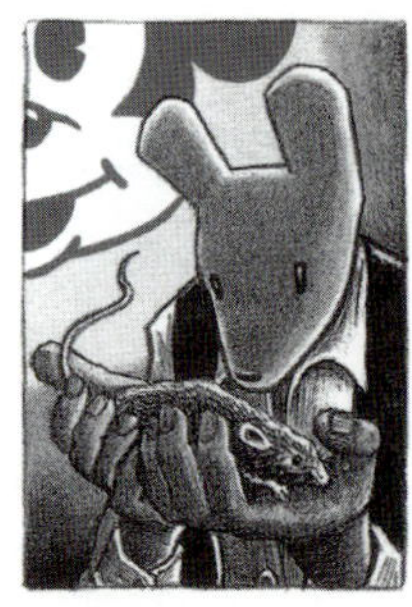

아트 슈피겔만 Art Spielgelman

《뉴요커》의 기여 편집자이자 아티스트이고, 전위 만화와 그래픽을 주로 다루는 잡지인《Raw》지의 공동창설자이자 편집자이다. 그의 작품과 그림들은 미국 내외의 박물관과 화랑의 전시회에서 선을 보였다. 『쥐』를 가지고 슈피겔만이 받은 영예에는 〈구겐하임 상〉, 〈전국도서비평가협회상〉, 〈퓰리처〉 수상 등이 포함돼 있다. 슈피겔만은 뉴욕 시에 살고 있다.

『쥐』는 진정 잠들 때까지 내려놓을 수 없는 책이다. 두 쥐가 사랑을 이야기할 때면 당신은 감동하고, 그들이 고통을 받을 때 당신은 울게 된다. 고통, 유머, 그리고 삶의 일상적 시련을 담은 이 책은 이야기를 읽다 보면 당신은 어느 동유럽 가족의 언어에 서서히 매료되고, 그것이 주는 부드럽고 최면을 거는 듯한 리듬에 이끌려 들어갈 것이다. 『쥐』를 다 읽고 나면 그 마술의 세계를 떠나는 아쉬움으로 가만히 한숨지을 것이다.

— 움베르토 에코 —

아픔과 진지함으로 일관된 역사와
인간에 대한 진실

만화라는 양식 속에 담을 수 있는 내용에 대하여 우리는 대체로 일정한 선입견을 가지고 있음을 숨길 수 없다. 그러나 이런 통상적인 인식을 정면에서 거부하는 작품이 바로 아트 슈피겔만의 〈쥐〉이다.

내가 이 책의 초역된 원고를 처음 펼쳐 들었을 때, 맨 먼저 받은 충격은 만화라는 양식에 대한 나의 반성이었다. 매우 신선한 충격이었다. 곧 이어 이 책의 첫 장에서부터 마지막 장에 이르기까지 아픔과 진지함으로 일관된 역사와 인간에 대한 진실이 우리의 것, 나 자신의 것으로 치환되면서 가슴 아픈 전율로 다가왔다. 한마디로 이 책은 우리의 상투화된 인식체계를 그 내용과 형식면에서 통절히 반성케 한다.

이 작품은 유태인 대학살의 참혹함과 그 비극의 한복판을 걸어 나온 사람들의 이야기이다. 따라서 이야기의 중심은 당연히 나치의 만행과 유태인의 비극에 놓여 있는 것처럼 보인다. 그러나 작가는 끊임없이 '아우슈비츠'의 생존자와 그 가족들이 계속 짐져야 하는 엄청난 인간적 파괴를 나란히 병치시킨다. 극한적인 상황에서 살아 남은 아버지의 회고와 더불어 아버지와 끊임없이 갈등을 빚는 자신의 자전적 이야기를 이중적 구조로 전개시킨다.

이러한 구성은 과거와 현재를 분명하게 연결함으로써 과거의 역사를 강렬한 현재성으로 우리들 앞에 생생히 복원시킨다. 이른바 통시성(通時性)과 총체성의 구현이다.

이 작품이 진실한 감동을 주는 까닭은 작가가 대상을 채색하거나 미리 판단하지 않고, 있었던 사실을 그대로 복원하여 독자들에게 보여 주려는 강한 의지를 곳곳에서 읽을 수 있기 때문이다.

만화라는 단순화되고 완화된 양식으로 긴장도를 훨씬 낮추어 놓으면서도 도리어 독자로 하여금 비극의 바닥에까지 이끌고 가서 이윽고 역사의 실상 앞에 맞세워 놓는다.

뿐만 아니라 작가는 가해자와 피해자라는 단순한 이분법적인 구도에서 벗어나 역사의
현장에서 공존하는 개인과 집단, 사실과 진실을 정직하게 바라볼 수 있도록 끊임없이
도와 주고 있다.

작가의 이러한 고도의 철학적 인식이 지극히 단순화된 만화라는 양식 속에서 훌륭하
게 구체화되고 있다는 사실에 실로 경탄을 금치 못한다. 뿐만 아니라 13년이라는 긴 시
간을 이 한 편의 만화제작에 바친 작가의 성실한 자세에 깊은 감명을 받지 않을 수 없
다. 바로 이 점이 만화에 대한 기존의 선입견을 깨트리고, 다른 기라성 같은 문학서적을
제치고 1992년 퓰리쳐상을 수상할 수 있게 한 것이라고 생각된다.

인류의 재앙이었던 나치의 광기어린 인종주의, 그에 동조하고 연합했던 아리안과 마
자르의 군상, 살아야 한다는 본능으로 인간이기를 포기해야 했던 유태인들, 무수한 죽
음의 위험 속에서도 끈질기게 살아 남은 아버지의 남다른 처세, 아버지에게 드리워진
역사의 그늘로부터 벗어나려는 아들….

어떠한 소설적 허구보다도 단연 현실이 더 극적이라는 말을 실감케 한다.

아트 슈피겔만의 이 〈쥐〉는 읽고 난 다음 다시 독자들로 하여금 각자 자기의 과거와
현재를 집필하게 한다. 특히 이와 크게 다를 바 없는 광기의 역사를 체험하였고 아직도
그 악몽의 그늘에서 벗어나지 못하고 있는 우리들은 물론, 지금도 지구상의 많은 인류
에게 이러한 극한적인 상황이 재연되고 있는 세기말적 상황은 감동을 단순히 감동으로
끝나게 하지 않고 가슴 저린 고통으로 남게 한다.

이 책은 자신의 현재와 과거를 재구성하고 스스로의 삶을 조감하여 자신을 재발견하
려는 많은 독자들의 짙은 공감을 받으리라고 믿는다.

신 영 복

시대를 초월하여 인류에게 주는
경고와 교훈

이념대립의 시대가 끝나면서 좀 더 나은 세상이 오리라고 인류는 기대했다. 그러나 날이 갈수록 갈등과 분쟁은 오히려 심화되고 있다. 미·소 대립시절에는 지역분쟁이 세계분쟁으로 번질 것을 두려워하여 억제되더니 미국만이 초강대국으로 남았으며, 자국(自國)이기주의로 흐르면서 특히 민족간의 갈등은 걷잡을 수 없게 번져 나가고 있다. 유고, 르완다 사태에서 우리는 민족과 지역이기주의의 참혹한 결과를 망연자실하게 바라보고 있지 않은가. 나치와 그 추종세력들이 저지른 유태인에 대한 죄악은 그래서 시대를 초월하여 인류에게 엄중한 경고와 교훈을 안겨 준다.

이런 점에서 〈쥐〉가 우리나라에 소개되는 것은 큰 의미를 지닌다.

이 작품은 1992년 완간되기까지 공전의 화제를 불러일으켰으며, 대번에 베스트셀러가 된 화제의 작품이다. 미키 마우스로 상징되는 '가벼운' 대중문화의 나라인 미국에서 이처럼 한편의 만화가 사회적으로 큰 반응을 불러일으킨 경우는 사실상 처음이라고 해도 과언이 아니다. 그만큼 이 만화는 내용의 재미뿐 아니라 오늘날 세계가 처한 공동적이면서도 예민한 문제를 제기하며 인류의 이성과 역사적 양심을 촉구하고 있는 것이다. '우리나라식' 만화에 익숙해져 있는 한국의 독자들에게 이 만화는 조금 생경하게 느껴질지도 모른다. 그러나 읽어가면서 만화의 새로운 얼굴을 발견하게 될 것이며, 만화의 엄청난 위력을 다시 한번 절감하게 될 것으로 믿어 의심치 않는다. 〈쥐〉에서 작가가 처절하게 부르짖는 인간에 대한 사랑, 민족간의 이해와 공존은 이제 더 이상 우리에게도 남의 얘기만은 아니다.

이 책은 국제화, 세계화라는 물결에 배를 띄운 우리 민족에게 커다란 암초의 위치를 알려 주는 소중한 항해도가 될 것이다.

신영복(1941~2016)

서울대에서 경제학을 전공하고 숙명여대 등에서 강의하던 신영복 교수는 1968년 통일혁명당 사건으로 무기징역형을 받고 대전. 전주 교도소에서 20년간 복역하다가 1988년에야 가석방으로 출소했다. 사면 복권된 것은 이로부터 10년 후인 1998년으로, 이후 성공회대학교 교수로 재임하다가 2007년 정년 퇴임했다.

저서로는 20년간의 감옥생활 동안 가족에게 보낸 편지들을 묶은《감옥으로부터의 사색》과《나무야 나무야》, 《신영복의 엽서》,《강의 – 나의 동양고전독법》등이 있고, 역서로는《외국무역과 국민경제》,《사람아 아! 사람아》, 《노신전》(공역),《중국역대시가선집》(공역) 등이 있다.

이원복(1946~)

서울대 건축학과를 나온 이원복은 1975년 독일 뮌스터 대학 디자인학부에 입학하여 10여년간 디자인과 미술사 등을 전공하면서 만화가로 활동하기 시작한다. 이후 우리나라 만화문화 정착에 기여한 공로로 1993년 눈솔상을 수상하고, 한국 만화 · 애니메이션 학회 회장을 역임했으며, 현재는 덕성여대 시각디자인학과 명예교수로 있다.

대표 작품으로는《21세기 먼나라 이웃나라》,《세계사 산책》,《와인의 세계, 세계의 와인》,《가로세로 세계사》, 《만화로 떠나는 21세기 미래여행》, 우리나라 편 프랑스 판인《Pays lointains, Pays voisins: la Coree》등이 있다.

여름이었다고 기억된다.
내가 열 살인가 열 한 살이었을 때 …
학교 운동장까지
달리기 시합이다.
꼴찌는 술래야!
난 하우이, 스티브와 어울려 롤러스케이트를 타고 있었는데 …

… 그만 스케이트의
끈이 끊어지고 말았다.
엇!

야! 얘들아! 기다려.
꼴찌다! 꼴찌!
하 하 하!

같이 가! 얘들아

흑흑
아버진 마당에서 뭔가를
고치시는 중이었다…

마침 들어오는구나. 이리 와서 이것 좀 잠깐 잡아주렴.
훌쩍, 네?

아티, 그런데 너 왜 우는 거니? 나무를 잘 붙들려무나.
제가 넘어졌는데요, 친구들이 저를 두고 가버리잖아요.

아버진 톱질을 멈추셨다.
친구? 네 친구들?

그 애들을 방 안에다 먹을 것도 없이 일주일만 가둬놓으면…

… 그 땐 친구란 게 뭔지 알게 될 거다 …

1부
아버지에게 맺혀 있는 피의 역사

아냐를 기리며

아버지에게 맺혀 있는 피의 역사

(1930년대 중반부터 1944년 겨울까지)

차례

"유태인이 한 종족인 건 맞지만,
그들은 인간은 아니다."

- 아돌프 히틀러

하 나 · 호 남 자

레고 파크에 사시는 아버질 뵈러 갔다. 아버질 오랫동안 못 뵈었다. 사실 우린 그리 가까운 사이가 아니었다.
아버지!
오, 아티. 늦었구나. 걱정했단다.

그런데 프랑소와즈는 같이 오지 않은 모양이구나.
아, 예. 안부 전해 드리라더군요.
아버진 지난 번 뵌 후로 많이 늙어 보였다. 어머니의 자살과 두 차례 심장마비가 그 이유이지 싶었다.

말라! 이리 나와 보구려. 아티가 왔어!
아버진 재혼하셨다. 말라는 전쟁 전부터 폴란드에서 우리 부모님과 알고 지내던 분이다.

말라 역시 부모님의 다른 친구들과 마찬가지로 학살의 생존자였다.
어서 와, 아티. 그 옷은 이리 주고.

저녁은 벌써 차려 놓았어.
아니, 말라!

어떻게 이 애에게 철사 옷걸이를 준단 말이오! 거의 2년 만에 온 애한테. 나무 옷걸이도 많이 있잖소.
두 분은 사이가 좋지 못했다.

저녁을 마친 후 아버진 나를 어릴 적 내 방으로 데리고 갔다…
자, 자전거 좀 타면서 우리 얘기를 하자꾸나.

의사 말이 자전거 타기가 심장에 좋다는구나. 그건 그렇고, 넌 어떠니? 만화 일은 어찌돼 가니?
전 아직도 아버지에 관한 이야기를 그리고 싶어요

예전에 말씀드렸던 것처럼 말예요…

폴란드에서의 생활과 전쟁에 대해서 말이죠.

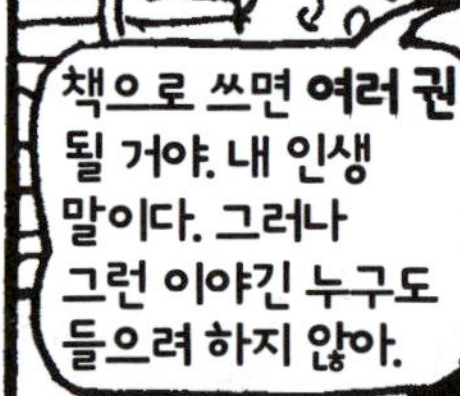

책으로 쓰면 여러 권 될 거야. 내 인생 말이다. 그러나 그런 이야긴 누구도 들으려 하지 않아.

전 듣고 싶어요 엄마 얘기부터… 어떻게 만나셨는지 말씀해 주세요
하지만 네가 원한다면야, 당시 난 체코슬로바키아에 살았지. 독일 쪽 국경에서 멀지 않은 자그만 도시였지.

그 보단 돈벌이가 될 그림 그리는 데 시간을 쓰는 게 나을 텐데…

직물을 사고 파는 일을 했는데 큰 돈은 못 벌었지만 그럭저럭 생계는 이어갈 수 있었다.

그 당시 난 젊고 잘생기고 전도유망한 훌륭한 청년이었지.

난 알지도 못하는데 날 좋아했던 아가씨들이 많았던 것 같아.
따르르ㅇ!

여보세요, 블라덱? 나 율렉인데…

내 친구 루시아 그린버그가 너를 좀 소개시켜 달래.

호남자
다들 내가 꼭 루돌프 발렌티노를 닮았다고 했었지.
PICTURE

결국 루시아를 댄스 파티에 데리고 갔지…
혼자 사시나요?
예.

조그만 아파트가 있어요. 부모님은 소스노비에츠에 계시구요.
한번 구경하고 싶어요.
나중에.

내가 어딜 가든지 주위를 둘러보면 루시아도 항상 거기 와 있는 거야…
그런데 … 엄마 이름은 아냐 질버베르그 였잖아요!…
블라덱! 어디로 가세요?
아, 시장에요.
나도 그런데… 같이 가요, 우리!
이건 내가 아냐를 만나기 전 이야기란다. 기다리고 들어 봐라, 응?
왜 당신 집에 초대하지 않죠? … 부끄러운 거라도 있어요?
그 여잔 내 아파트를 구경시켜 달라고 졸라댔지.
그래서 결국, 그녀를 초대했지…
모든 게 정말 깨끗하고 깔끔하네요.
정리정돈을 잘해 두고 싶거든.
청소해주는 다른 여자 친구가 있죠, 그렇죠?
아니야.
… 난 더 이상 가까워지길 원치 않았는데, 그녀가 도무지 날 놔주려 하지 않는 거야.

그러니까 첫 번째 여자였나요?
그렇지. 우리는 더 깊은 관계가 되었어. 마치 요즘 애들처럼 말이야.
그녀와는 아마 한 3, 4년쯤 만났을 거야.
우리 약혼해요, 블라덱.
늦었어, 집에 데려다 줄게.
아직요.
이봐, 부모님이 걱정하실 거라구.
그 여자 가족은 좋은 사람들이었는데, 돈이 없었어. 지참금도 없었지.
1935년 12월
체스토쵸바에서
휴일마다 가족을 방문하러 가곤 했다. 내가 있는 곳과는 35~40마일쯤 떨어져 있었어.
블라덱 오빠!
다시 보니 반가워, 근데 말야.
소개해 줄 애가 있어. 우리 반 여학생인데 내일 함께 만났으면 해. 이름은 아냐야.
정말 똑똑하고 현명한 데다 집안도 부유해… 정말 훌륭한 처녀라구…

이튿날 사촌의 소개로 아냐를 만났어.
사촌하고 아냐가 간혹 영어로 얘길 나누더구나.

그리고는 내게 정말로 아름다운 편지를 써보내기 시작하는거야. 폴란드 말을 아냐만큼 잘 쓴 사람은 없었을 거야.

그 후로 두 번을 더 만나고 나서 네 엄마가 사진을 보내왔단다.

난 아주 기막힌 액자를 하나 샀지 …

한일주일쯤 지났을까, 루시아가 찾아왔다가 그 사진을 본 거야 …

루시아, 난 이 여자와 약혼할 거요.

흥!! 참 대단한 미인을 잡았네요.

외모가 전부는 아냐, 루시아. 당신이 여기 계속 오는 건 우리 둘 모두를 위해서 좋지 않아요 …

… 우린 우리 장래를 설계해야 하고 또 …
그 여잔 잊어버려요! 제가 행복하게 해드릴게요!
루시아에게서 놓여나기도 쉽지 않은 일이었지.

엄만 그렇게 미인이 아니었잖아요?
루시아 만큼은 아니었지. 하지만 조금씩 얘길 하다 보면 점점 더 사랑하게 만드는 타입이었지.
한 번은 길을 가다 그녀 학교 교장 선생님을 만났어 …
슈피겔만 군, 자넨 정말 운이 좋군.
… 자네는 지금 어떤 아가씨를 얻게 되는 줄 모르고 있겠지만 말일세 …
… 난 아냐만큼 영리하고 똑똑한 학생을 본 적이 없네!
예, 저도 바로 그 이유로 선택했죠
당신이 체스토초바로 한번 왔으면 해. 친구들 앞에서 자랑하고 싶거든.
어머니한테 가게 해달라고 사정했는데, 너무 신앙이 두텁고 구식이다 보니 말예요
… 독신 남성의 집에 찾아가는 건 절대 허락하지 않으셔요
아냐 부모님께선 아냐가 결혼하는 걸 원하고 계셨지. 아냐 나이가 스물 넷, 난 서른이었어.
부모님께서 내일 저녁식사에 당신을 초대 하시겠대요
질버베르그 가문은 무척 잘 살았어. 백만장자였거든.

질버베르그 가는 양말 공장을 갖고 있었는데
폴란드에서 제일 큰 축에 속했단다 ··· 한데, 내가 그 집에 가니까
이건 마치 왕이 행차하신 것 같았어 ···

아냐의 살림 솜씨가 궁금해서
난 아냐의 벽장을 들여다봤단다.

25

아! 여기서 한 가지 잊고 얘기 안한 게 있구나. 소스노비에츠로 옮기기 전이지만 우리 약혼 후의 일이지.
어느 날 저녁, 벨이 울렸단다.
루시아!
여긴 웬 일이지? 난 나가는 길인데.
나, 나도 같이 갈래요.
안돼, 어딜 같이—
부탁예요, 블라덱!
바닥에 쓰러져서는 내 발을 꽉 붙잡는 거야.
도망가지 말아요!
쾅!
이렇게 되자 이 여자와 너무 깊어졌구나 싶었지.
난 그 길로 우릴 소개해준 친구에게 달려갔단다. 그 친구가 내 집에 가서 그 여자를 진정시켜서 집에 데려다주었지.

그 후로 루시아 얘기는 더 이상 못 들었어. 한데, 아냐한테서도 소식이 끊긴 거야 …

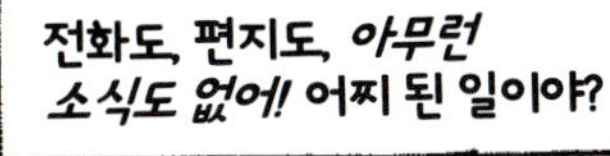

전화도, 편지도, *아무런 소식도 없어!* 어찌 된 일이야?
안녕하세요, 질버베르그 부인. 아냐 좀 바꿔 주실 수 있나요?

아냐가 얘기하고 싶지 않대요!
아니, 왜요?

그 애가 체스토초바에 있는 누군가에게서 편질 받았는데, 세상에! 거기에 블라덱에 관해 온갖 좋지 않은 얘기가 다 적혀 있더래요!
어쨌든, 전화로 아냐를 납득시킬 순 없겠군요. 금요일 일과 후에 기차로 내려가겠습니다

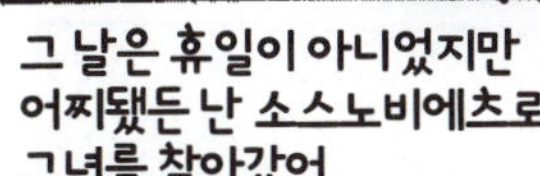

그 날은 휴일이 아니었지만 어찌됐든 난 소스노비에츠로 그녀를 찾아갔어.

그래, 말해 봐, 아냐. 내가 무슨 끔찍한 짓을 했다는 거야?
이거나 읽어 보세요!

그건 보고 싶지도 않아. 누가 썼는지만 얘기해 봐. 아니 그보단 내가 말하지—
루시아 그린버그, 맞지?
그냥 "당신의 내밀한 친구 ㄴ" 이라고 돼 있어요.
체스토초바에서 당신 평판이 무척 나쁘다는 거예요.
당신에게 여자 친구가 많다고도 하고.
또 당신이 돈 때문에 나와 결혼한다는 거예요!
아니야, 아냐. 날 더 알아야만 돼 체스토초바에 사는 누구에게든 나에 대해 물어 보라구.
루시아라는 여자는 옛날 친군데 무슨 이유인지 날 자꾸 괴롭혀 내겐 아무런 의미가 없는 여자라구.
많은 얘길 나눈 후에야 겨우 납득시킬 수 있었지.
그러고 나서 1936년 말에 내가 소스노비에츠로 이사를 했고, 1937년 2월 14일에 우린 결혼했단다.
자, 우리 신혼부부를 위해 보드카를 듭시다.
난 장인 어른의 아파트 두 채 중 하나로 이사를 했지. 두 집 모두 장인 소유였는데, 내게 결혼 선물로 그 소유권의 일부와 아주 멋있는 금시계 하나를 주셨어.

한데, 지금 이 얘기 말이다. 루시아 얘기나 이딴 얘기들은 책에 쓰지 않았으면 좋겠다만.
예? 왜죠?

이건 히틀러나 홀로코스트 와는 아무 관계도 없으니까!

하지만 아버지, 이건 대단한 소재예요. 이게 다 이야기를 더 사실적이고 더 인간적으로 만들거든요.

전 아버지 얘길 있었던 그대로 그리고 싶어요.

헌데 이건 그리 좋은 것도, 품위 있는 것도 못되잖니.

내가 차라리 다른 얘길 해주마. 그러니 이런 개인적인 얘긴 언급하지 않았으면 좋겠다.
좋아요, 예. 약속 드리죠

The HONEYMOON

그 이후 몇 달 동안 난 아버지 얘길 들으러 거의 정기적으로 찾아뵙곤 했다.

결혼한 후에도 그 친구가 소스노비에츠에 들르면 아냐는 늘 뛰어가서 만나곤 했어.

물론 난 그 사람이 공산주의자라는 걸 몰랐지. 난 공산주의자들을 항상 멀리했거든.

결혼하고 얼마 되지 않아 판촉 출장 갔다 집에 돌아왔는데…
여어, 블라덱- 자네 옆집 사는 재봉사 여자가 막 체포됐어!
공산당 비밀 문서를 지니고 있었대요!
경찰

그리곤 위층으로 올라갔는데…
지금 막 경찰이— 어? 무슨 일입니까?
경찰이 여기에 왔었다네!
아냐를 찾으러 말일세!

그 애 말로는…
바르샤바에서 온 그 친구가 공산당의 메시지를 가져온대.

아냐가 그걸 독일어로 옮겨서 전달하는 모양이야!
아냐가 이 모의에 가담하고 있었던 거야!

경찰이
덮치기 직전에
아냐는
친구들로부터
전화 연락을
받았는데 …
널 의심하고 있어! 문서를 빨리 숨겨!
중요한 거니까 어떻게든 파기시키지 않게 해봐.

어쩌겠니? 아냐는 우리에게 세들어 사는 재봉사에게 달려갔어.
스테판스카 양! 부탁인데요, 이 꾸러미 좀 숨겨주겠어요? 아무에게도 말하지 말아요!
?
그 여자는 아냐가 단골 손님이어서 청을 들어준 거야.

경찰이 우리 집을 바닥에서 천장까지 샅샅이 뒤졌어. 아무것도 찾지 못하자 셋방들을 수색했는데.
이봐- 이 꾸러미는 어디서 난 거지?
한 번도 본 적이 없는데 … 손님 중 한 분이 놓고 갔나 봐요!
아냐는 무사했지만, 그 재봉사는 연행되었지.

이 얘길 듣고는 결혼을 끝낼 작정이었어.
난 아냐에게 날 원한다면 내 식대로 살아야 한다고 …
당신이 공산주의자 친구들을 원하면 내가 이 집에 머물 수 없다 했지.
아냐는 착한 여자였기 때문에 당연히 손을 뗐지.
여재봉사는 어찌 됐나요?
스테판스카 양은 꽤 오래 감옥에 있었어. 한 3개월 되지.
장인 어른이 변호사 비용을 댔고 또 그 여자에게도 좀 줬지. 한 만 오천 즐로티쯤 들었을 걸.
그게 많은 건가요?
그렇지만 증거 불충분이었던 관계로 경찰은 결국 내보내 줄 수밖에 없었지.
그럼! 그뿐이 아냐. 장인 어른께서 우리에게는 훨씬 많이 주셨거든 …
블라덱, 자네 내외가 내 손주를 낳게 되었을 때 나는 그 애가 훨씬 유복한 생활을 하길 원하네.
글쎄요, 출장 판매로 직물 가게 낼 정도는 된 것 같습니다 …
가게 말인가? 헤! 직물 공장은 가져야지!
그러려면 막대한 돈이 드는데요!!
여보게, 내가 자네에게 그 정도 돈과 신용은 줄 수가 있잖나.
난 비엘스코에서 공장 설립에 착수했고, 아냐는 주말에 보러 갔지.

1937년 10월경에는 공장이 가동되고 또 우리 맏아들 리슈가 태어났어.

강한 아입니다. 3킬로가 넘어요.
맙소사! 아나는 겨우 39킬로 인데!

물론 넌 그 앨 전혀 모르지. 그 애는 결국 전쟁 와중에 죽고 말았어.
예, 알고 있어요…

아, 잠깐요- 2월에 결혼 하셨는데 리슈 형이 10월에 태어났으면 형은 미숙아였나요?
응, 조금 …

하지만 넌 — 전쟁이 끝나고 태어났는데도 아주 미숙아였단다.
의사둘은 네가 살 수 없을 거라 했어.

너를 살려 줄 전문의를 내가 찾아냈지. 그 사람은 너를 뱃속에서 꺼내기 위해 네 팔을 부러뜨려야 했단다!

그래서 네가 애기 때는 팔이 늘 이렇게 번쩍 들렸단다.
우린 농담으로 널 하일 히틀러! 라 불렀다구.

네 팔을 꼭 눌러 내려 주곤 했는데 그러면 넌,
아이쿠!

너 때문에 이게 뭐람!
저 때문에요? 아, 예 나중에 다시 세 드리죠.

아니다! 넌 알약 셀 줄 모르잖니. 내가 이따 다시 하지…
난 이 일에 전문가야.

그리고는 … 아냐는
가족과 함께 있고,
난 공장 일로 비엘스코에
가서 살면서 우리가 함께
살 아파트를 구하는
중이었는데,

우리는 곧바로 떠났다. 요양원은 체코슬로바키아에 있었는데 요양원 중에서 가장 값 비싸고 아름다운 곳이었단다.
목적지에 거의 도착할 무렵에 우린 작은 도시를 지나게 되었다.
어!
기차에 타고 있던 모두가, 모든 유태인이 흥분하고 경악했지.
저걸 봐!
그 때가 전쟁 전인 1938년 초였다. 그런데 마을 한가운데 걸려 있는 건 바로 나치 깃발이었단다.
내 눈으로 직접 철십자를 처음으로 본 순간이었다.

지금 말이지, 독일에선 학살이 벌어지고 있대!
누군가가 독일에 사는 사촌 얘길 꺼냈어.

유태
그 사람은 자기 사업체를 독일인에게 팔았는데 그 돈마저도 거기에 두고 도망 나올 수밖에 없었다지 뭐냐.

저는 더러운 유태인 입니다.
거기 유태인들은 아주 힘들대. 끔찍하다는 거야.

또 한 사람은 브란덴부르크에 있는 친척 얘길 하더구나. 경찰이 그 사람 집에 찾아 왔었는데, 그 후론 그 사람 소식을 모른다나.

이 마을엔 유태인이 없습니다.
그런 얘기는 셀 수 없이 많았다. 교회당이 불타고, 이유도 없이 유태인들이 두드려 맞고 온 마을이 유태인을 몰아낸다는 등등, 갈수록 더 심한 내용들이었어.

나치 불한당들이 권좌에서 내쫓기길 바라야겠군요!
그자들이 전쟁을 일으키지 않기만 기도합시다!!

요양원은 이 모든 것들로부터 멀리 있었지 - 너무 아름답고 너무 조용했어.
아냐, 이 정원 좀 봐. 얼마나 아름다운지 좀 보라구.
아, 예
세계 각지에서 갖가지 질병을 지닌 사람들이 찾아왔단다. 가게들도 있었지. 극장도… 참 아름다웠어…

특급 호텔 같은 방이야. 이 전경 좀 봐.
네, 네.
간호원들이 아침마다 아냐를 보러 왔단다.

그리고 며칠에 한 번씩 난 병원의 최고 전문의와 얘길 나눴어.
그래, 의사 선생님이 뭐라던가요?
걱정할 것 없대. 괜찮대.
그러니 안심해요.

난 그런 병에 대해 잘 알고 있었기 때문에 늘 아냐를 진정시키려 애썼지.
이것 봐. 집에서 편지가 왔어요.
리슈 사진도 있네. 어디 봐요.

참 잘 생긴 아이야… 제 아빌 꼭 닮았지, 응?
그래요

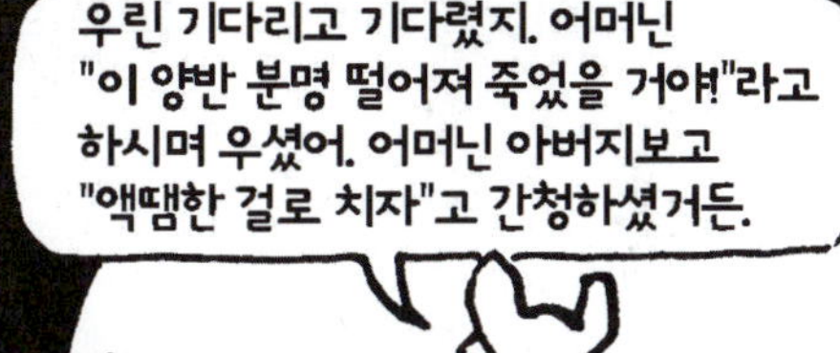

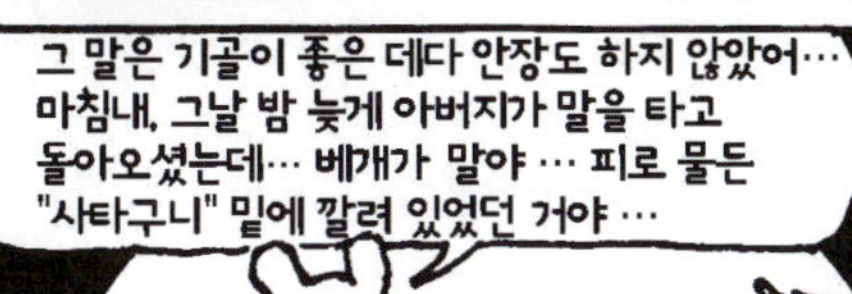

그러면 아냐는 마구 웃고 마냥 행복한 나머지 다가와 입을 맞추었어. 참 행복해했지.

우리는 한 3개월 정도 머무르고 돌아왔는데, 아냐는 떠날 때완 완전히 달라졌단다.
야호, 아빠!
아냐! 너 아주 좋아졌구나!

이것 보게, 블라덱… 요양원에 있는 동안은 걱정시킬 마음이 없었네만.

마음 단단히 먹게. 비엘스코 공장에 도둑이 들었었네!
뭐라구요!

지난 달에 있었던 일이야. 몽땅 털어갔다네.
아! 이런, 맙소사!

떠나기 전에 보험 들 시간도 없었으니.
그래도, 다시 일으켜 세울 수 있도록 내가 도울 수 있을 걸세.

혹시 아버지가 반유태인 운동에 연루된 것으로 간주 되었나요?
그런 일이라고는 *생각하지* 않아. 그냥 단순한 강도였지…

작년 이곳 레고 파크에서 털린 것처럼 말이야. 어쨌든 …
장인어른이 다시 도와 주셔서 우린 비엘스코에 정착할 수 있었지…

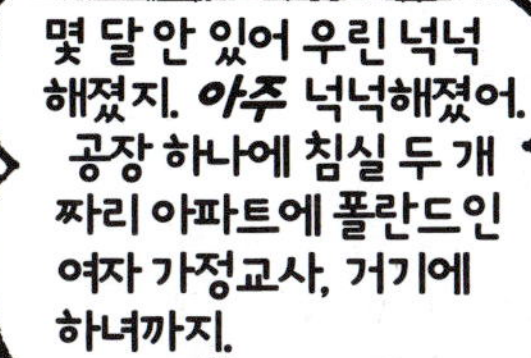

몇 달 안 있어 우린 넉넉 해졌지. 아주 넉넉해졌어. 공장 하나에 침실 두 개 짜리 아파트에 폴란드인 여자 가정교사, 거기에 하녀까지.

리슈, 저기 봐. 아빠 오신다!

무슨 일이 있었어요, 여보?
오늘도 시내에서 폭동이 있었어.

… 모두들 "유태인을 몰아내자"고 외쳐대고 … 두 명이나 죽었는데도 경찰은 보고만 있는 거야!

바로 나치가 사람들을 선동하고 있는 거예요!
유태인 문제라면 폴란드인들은 선동할 필요도 없어요!

슈피겔만 부인, 어떻게 그런 말씀을 하세요? 전 부인을 한 가족처럼 여기고 있는데!
미안해요, 아니나. 당신을 말하는 게 아녜요! 단지 걱정 돼서 말이에요!

아무래도 다른 사람들처럼 멀리 이사 가야 할까 봐요.
사태가 정말 심각해 지면 소스노비에츠로 달아납시다.

소스노비에츠가 비엘스코 보다 안전했을까요?
그땐 히틀러가 폴란드에게서 원하는 것이 비엘스코 같이 1차 대전 전에 독일 영토였던 지역뿐 일 거라고 믿었던 거지.

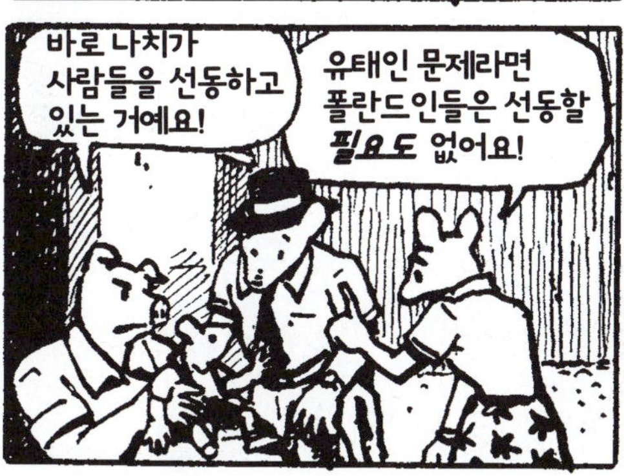

그러고도 일 년간은 여전히 행복했어. 1939년 8월 24일 이전까지 말야.
편지예요. 관청에서 왔네!

징병통지서! 난 폴란드 예비군 소속으로 당장 나가야만 했단다.

엄청난 혼란이 들이닥쳤지 … 다들 이젠 전쟁이라는 걸 알게 되었다.
빨리! 전부 싸요! 장인이 데리러 오실 거요.
여보, 전 두려워요!

당신 장신구며 인형들도 챙기도록 해요!
저런 건 중요하지 않아요!
그게 즐거움을 줄 수도 있을 거요.
내 말이 맞았어. 후일 상황이 더 악화됐을 때 그 물건들을 팔 수가 있었거든.

그렇게 아냐와 리슈 그리고 가정교사는 한 쪽 방향으로 소스노비에츠를 향해 갔고 …

… 그리고 난 다른 길로 대독일전선을 향해 갔지.

그리고 1939년 9월 1일 전쟁이 터졌어.
나는 최전선에 있었지.
어이쿠!

이걸로 약을 두 번이나 엎질렀군!

내 눈 말이다.
왼쪽 눈에 출혈과 녹내장이 생기고 나서
결국 눈알을 빼내야 했지 않니?
이젠 외눈이라 잘 보이지도 않는구나.

게다가 이제까지 괜찮던 눈마저 백내장이라니.
내 고통을 알겠지?

내 눈 수술을 해주려던 유명한 의사 얘길 너한테 했던가?
아, 예.

그 사람이 작년에 즉각 수술을 해야 한다고
입원을 시키더니…

아! 글쎄, 날 두고 어디 텔레비전에 강연한다고 가버렸지 뭐냐!

눈에서 피가 나오니 다른 병원의 의사를 찾아 뛰쳐 나올 수밖에.

거기서 다른 전문의가 바로 수술을 했지! 그러지 않았으면 난 죽었을 거다.

그래서 지금은 유리 눈이지.

그 사람이 실력자야, 안 그래? 한 번은 같은 병원의 한 젊은 의사가 내게 와선,

손전등을 가지고 내 눈에 들이대고 살펴보더니, "슈피겔만 씨, 왼쪽 눈은 깔끔하군요!"

"한데 오른쪽 눈은 백내장인데요." 하질 않겠니.
물론 그 이는 왼쪽 눈이 유리라는 걸 몰랐지.

난 그 사람에겐 아무 소리도 안 했다. 무안하게 하고 싶지 않았거든.
예, 전에 말씀하셨죠.

자, 오늘은 이걸로 충분하지? 이젠 피곤하기도 하고 또 난 알약을 세야 한다.
예예, 좋습니다… 얘길 쭉 받아 적었더니 저도 손이 아프네요

셋 · 전쟁 포로

나는 아버지의 과거 이야길 더 듣기 위해 아버지를 더욱 자주 찾아 뵙게 됐다.

아티, 이 완두콩 좀 먹어봐.
그래, 얘야. 넌 별로 먹지도 않는구나!
됐습니다. 많이 먹었어요.

그래도 접시에 있는 건 다 먹어야지!
네네 … 알았어요.

아시죠, 말라? 제가 어릴 때 어머니가 차려주시는 걸 다 해치우지 않으면 아버지랑 꼭 말싸움이 됐죠. 끝내는 제가 울면서 방으로 뛰어들어가곤 했다니까요…
자네 아버님과는 말로는 상대가 되지 않아.

어머닌 제가 좋아하는 음식을 새로 해주시 겠다고 했지만 아버진 제가 다 먹을 때까지 남긴 음식을 그대로 놔두게 했으니까요

어떨 땐 그걸 보관 하셨다가 계속해서 내놓으시곤 제가 먹든지 굶든지 하라는 식이셨어요.
그럼! 정말 그래야 한다구. 자기 접시에 있는 건 항상 다 먹어야지.
아유, 여보!

1939년? 그러자꾸나. 우린 며칠간의 군사훈련을 받고 9월 초에 전선에 배치되었다.

아침이 다 되도록 고요하기만 했지…
잠깐요! 단 며칠 훈련하고 내보냈단 말인가요?
그러니까, 내가 스물한 살 때 처음 군대 가서 18개월 복무하고 난 후론 4년마다 루블린에 가서 한 달씩 훈련했지.
너도 알다시피 우리 아버지, 그러니까 네 할아버지께선 자식들을 군대에 보내지 않으려 하셨단다.
…왜냐면, 그 분이 젊었을 때 러시아 군대에 들어가야 했었는데 거기서 25년이나 복무해야 했거든. 시베리아에서 말이다!…
아버진 탈출하려고 이를 열네 개나 뽑아 버렸대. 열두 개가 빠지면 내보내 줬거든.
내 형 마르쿠스가 스물한 살이 되자 아버진 형을 억지로 굶게 했어. 덕분에 형은 늘 병색이고 말랐었지.
그리고 나서 징병검사를 받으러 가니까 불합격이 되었지.
일 년 뒤에 내 차례가 됐는데 아버진 똑같이 하려 하시는 거야.
정말 끔찍했어!…

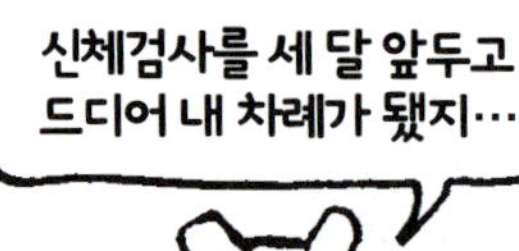

한데 드디어 신체검사장에 갔더니…

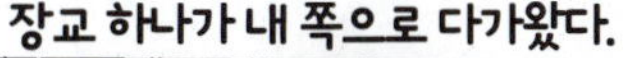

장교 하나가 내 쪽으로 다가왔다.

그런데 총알이 내 쪽으로
날아 오는 거야.

참호를 *더 파고* 사격을 멈췄지.

그런데 총을 겨누고 보니까
나무가 하나 보이잖겠니!

한데 이 나무가 움직이는 거야!

아무튼 움직이면 쏴야지!

다쳤다는 표시인지 손을
들더구나. 항복하려고 말야.

하지만 난 계속 쏴 댔지. 그 나무가 움직이지 않을 때까지 말야. 누가 알겠니?
그러지 않으면 그가 날 쏠지도 모르잖니!

두어 시간의 싸움 끝에 나치들이 우리 쪽 강변을 차지했단다.
일어나!
총 이리 내!
뜨겁군! 우리에게 쏴댄 거야!
우리 대장이 쏘게 했어요. 전 공중에다만 쐈습니다!
내가 독일말로 대답하니까 그들 중 하나가 날 때리던 사람을 말리더구나.
그들은 나 같은 포로가 많이 있는 곳으로 날 데리고 갔어.
그리고는 우리 가운데 부상당하지 않은 사람들을 끌고는 전사한 병사들을 찾아서 강 건너 자기네들 쪽으로 갔지.

들어래! 포로들은 우리측 전사자와 부상자를 대기 중인 적십자 트럭에 싣도록 한다.

네! 어딜 가려는 거냐?
강 건너에서 시체 한 구를 본 것 같아서요.
난 내가 쏜 친구가 있는 곳을 알고 있었단다.

맞아요, 여기!

ER VERBLUTETE!
(피를 많이 흘렸군!)
다른 친구들과 같이 트럭으로 옮겨.

그의 이름은 얀이었지.
…그를 죽인 사람이 나 란 것도 알게 됐지…

그래서 난 혼잣말로, "어쨌든 뭔가 하기는 했군"했지.

그들은 우리를 뉘른베르크 근처의 어느 장소로 데리고 갔는데, 전쟁 포로들이 *많았어.* 유태인들은 따로 세워 놨지.
이 전쟁은 다 너희 잘못이야!
너흰 당장 이 자리에서 목 매달아야 해!
물론 우린 한 마디도 하지 않았다.
귀중품은 다 꺼내 놓아라!
그가 내게 다가왔어. 난 한 300즐로티쯤 있었다.
웬 돈이 이리 많나, 유태인?
여기서 무슨 장사하려는 거냐? 손을 내보여 봐!
대부분 5, 6즐로티 뿐이었거든.
평생 일 해 본 적도 없구만!
아티 너처럼 내 손도 항상 연약했지.
좋아, 걱정하지 마라 유태인. 네가 할 만한 일을 찾아 보도록 하지.
정말 그러더구나.

다른 독일군이 우리 중 너 댓 명을 외양간으로 데리고 갔어.
이 난장판 보이나? 한 시간 동안 한 점 티끌 없이 깨끗이 해놓도록! 알겠나!
그걸 한 시간에 하긴 불가능했지!

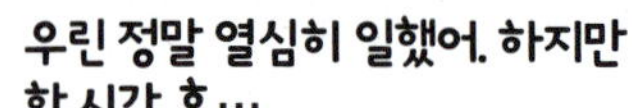

우린 정말 열심히 일했어. 하지만 한 시간 후…

그만!

아직도 안됐나?

좋아. 너흰 죽도 없다. 이 게으른 자식들!

그래서 우린 죽자살자 한 시간 반 걸려서 그 일을 해냈지. 그런데, 아티! 뭐 하니?
예?

카펫 위에 담뱃재를 떨어뜨리고 있잖아. 지금 여길 외양간으로 만들 셈이니?
죄송 해요

치워주렴, 알겠니? 아니면 내가 해야 하거든. 말라는 일주일은 이대로 놔두고 손도 안 댈 거야.

내가 이젠 아파서 그런 일 하기가 쉽지 않다는 걸 알면서도 말이다.
됐어요. 자, 깨끗하죠?

그래서 우린 몇 주 동안 그 외양간에서 일하다가
나중에 훨씬 큰 포로수용소로 끌려갔다.

어- 추워. 폴란드 포로들은
난로가 있는 막사야.

그런데 우린 이 천막에서
얼어 죽으란 거지.

그 해 가을은 혹독하게 추웠지.
유럽 전체가 어찌나 춥던지 새들이 얼어서
나무에서 떨어질 정도였으니까.

추위를 견딜 거라곤 입고 있던 여름 복장에
얇은 담요뿐이었다.

다들 동상에 걸려 있었지. 상처엔 고름이 고였고
고름엔 이가 우글거렸다.

기운을 잃지 않도록 난 매일 목욕을 하고 체조를 했단다… 또 우린 매일 기도했지.

מה טובו אהליך
יעקב, משכנתיך
ישראל.
내가 신앙심이 깊었기도 하지만 별다른 수가없었거든.

종종 우린 체스로 우리 처지를 잊었고 또 시간도 보냈단다.

내게 돌과 빵조각으로 만든 판이 있었거든.

그리고 한 주에 한 번씩 국제 적십자사를 통해 편지도 쓸 수 있었지.

사랑하는 아냐, 난 잘 있소 당신이 보고 싶군.
독일어로만이어서 매우 조심스러웠다.

한데 적십자사를 통해 소포가 오지 않았겠니…

초콜릿 바! 담배! 잼까지!
그 소포는 나한테 정말 소중했지.

가족이 무사하다는 걸 알게 됐고 그리고 난 담배를 피우지 않았기 때문에 음식과 바꿀 수 있었어.

그렇게 한 6주가 지나갔는데…

이봐! 밖에 공고가 나붙었어!

노동자 구함
전선으로 나간 독일인 노동자를 대신하는 자리로 전쟁 포로들도 지원할 수 있음.
충분한 숙식 제공될 것임.
속임수야!

절대 지원하지 마!
죽더라도 여기서 죽자!
아니야
난 생각이 달랐어!
난 죽지 않을 거야, 여기 있지도 않겠어! 난 인간 대접을 받고 싶다구!

우린 곧바로 큰 독일 공장으로 보내졌다.

다음날, 우린 삽과 곡괭이를 지급받았지…

불평하는 사람도 있었어. 특히 그런 일 하기엔
나이 들고 허약한 이들 말야.

매일 밤 녹초가 되어 잠이 들곤 했는데 어느 날 밤인가 꿈을 꾸었어…
어떤 음성이 내게 말하는 거야. 돌아가신 할아버지 같았어…
걱정하지 마라, 애야 …"
"걱정마라 …"
목소리가 마치 생시처럼 생생했어…
이곳에서 나와 자유롭게 될 것이다! "…파르샤스 트루마"의 날이 오면.
바로 깨어났지. 그리곤 다시 잠들었는데 또 다시 들리는 거야. "파르샤스 트루마, 파르샤스 트루마!"
그 파르샤스 트루마는 뭐죠?
매주 토요일마다 우리 토라 몇 구절씩을 읽었는데.
이걸 한 파르샤라고 하지. 그래서 일 년의 마지막 파르샤는 파르샤스 트루마라고 하고.
일 나가기 전 우리 몇몇은 기도를 했다. 랍비가 같이 있었거든.
선생님, 잠깐만요. 파르샤스 트루마는 언제죠?
파르샤스 트루마?
지금이 2월 중순이니까, 한 3개월 남았지. 근데 왜 그러나?
3개월 — 우리에겐 하루가 일 년 같았어!
랍비에게 꿈 얘길 했지…
정말이었으면 좋겠네. 난 평생 여길 빠져나가지 못할 것 같아.

63

그러다가 한 번은…

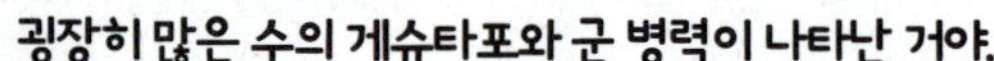

난 항상 둘째 줄에 섰어.

누군가 살짝 내게 오더니…

관등 성명?
상병 블라덱 슈피겔만입니다.
그들은 우릴 주연병장으로 데리고 가서는 알파벳 순서대로 세웠어…
풀려난 후의 목적지는?
소스노비에츠…
…집이 거깁니다.
좋아—이 석방 문서에 서명해.
독일인들은 이런 걸 아주 잘했지…
…그들은 일을 아주 체계적으로 처리했어.
단 하루 만에 모든 게 끝났지.
아버지의 파트샤스 트루마 꿈이 이루어졌다는 건가요?
그래, 이 날은 내게 몹시 중요한 날이야…
나중에 달력을 살펴보았지. 내가 아냐와 결혼한 날도 그 주의 파르샤였어.
그리고 전쟁이 끝나고 1948년에 네가 태어난 날도 파르샤였단다!
또 네가 네 미츠바 (성년식)에서 노래를 했을 때도 이 파르샤였어!
그 다음 날, 우린 적십자로부터 구호품을 받고 폴란드행 기차에 실려졌다.

여행 중에 난 랍비 선생과 자리를 함께 했어.
형제여, 그러고 보니 당신은 미래를 내다보는 사람인 '로이 하놀렛'이군요.
아니! 이 기차가 소스노비에츠를 그냥 통과하는 것 같은데!
기차를 세우지 않자 난 무척 걱정이 됐지.
알다시피 나치가 폴란드를 여러 조각으로 분할했잖니? 보호령과 제국으로 해서 말야. 가운데 경비하는 경계선도 두었지.
기차는 폴란드에서도 그러니까 제국이 된 우리 고장은 완전히 지나서 보호령에서만 멈춰서는 거였어.
크라쿠프 증명 소지한 사람은 나왓!
발트해
리투아니아
동프러시아
(러시아에 합병)
폴 란 드
바르샤바
루블린
소스노비에츠
크라쿠프
헝가리
슬로바키아
루마니아
제국 : 독일에 합병
보호령: 독일에 통제되는 정부
그리고 바르샤바에 섰을 때 랍비 선생이 내렸단다.
편지하겠네.
하지만 그분 소식은 다시 듣지 못했지. 훗날 바르샤바는 너무나 처참해서 거의 한 사람도 살아 남지 못했으니까.
이제 기차는 소스노비에츠를 한참 지나 있었다. 그러고도 한 300마일을 더 가서야 루블린에 닿았어. 거기서 제국에서 온 우리 모두를 내리게 했다.

루블린에선 우릴 큰 천막으로 데리고 가더구나.

거기에 앉아 있었는데

이윽고 유태인 당국에서 몇 사람이 우릴 보러 왔지…
왜 우릴 여기 그냥 두는 거죠?
상황이 아주 안 좋아요… 당신들이 오기 전에도 또 다른 석방 포로들이 여기 와 있었는데…

…이틀 전에 나치들이 그 사람들을 숲으로 끌고 가선…
모두 쏴 죽이고 말았어요. 600명을 살해했지 뭐요!
우리가 다음 차례였어!

전쟁 포로로 석방되신 거잖아요!
분명 그렇지…

국제법이 우릴 폴란드 전쟁 포로로서 조금은 보호해 줬지만 제국내의 유태인은 길거리에서 아무나 죽일 수 있었으니까!

정말 기겁을 했지.
그래도 뭔가 희망이 될 만한 얘길 들었는데…
우리가 독일인들에게 뇌물을 줘서 이 고장 유태인 중에 친척이 있다고 확인되는 포로는 풀어 주도록 했어요.
제 이름은 슈피겔만입니다. 루블린에 집안 친구로 오르바흐라는 이가 있습니다. 군사 훈련 받으러 여기 와서 만난 적이있구요.
좋습니다! 당신을 그의 사촌으로 등록시켜 보겠습니다.
그날 밤 난 천막 밖으로 나갔다…
소변을 봐야 했거든.
난 황급히 뛰어 들어갔지…
그리고 밤새도록 우리에게 닥칠지도 모를 온갖 상황들을 상상했다.
그런데 초병 하나가 내게 사격을 가했어.

그런데 날이 밝자마자…
슈피겔만! 슈피겔만!
블라덱!
오르바흐 씨! 이렇게 당신을 보게 되다니!
그리고 10분 만에 자유롭게 됐지!
오르바흐 씨는 삼촌의 친구였는데 내 또래의 아름다운 딸 둘이 있었단다.
더 나은 식사를 대접하지 못해서 죄송해요, 블라덱. 하지만 루블린의 유태인들은 쿠폰이 아주 조금밖에 없거든요
어머나! 초콜릿이야!
그건 적십자 구호품에서 아껴 두었던 거야. 나는 항상 아꼈지…만약을 위해 말이다!
잠깐만요, 아가씨들. 당신들께 드릴 선물이 있어요
나중에 내가 소스노비에츠로 돌아가서는 그 사람들에게 소포로 음식을 보내 줬지…
…잠시나마 우리가 더 형편이 나았으니까…그 사람들이 살아가는데 얼마나 도움이 되는지 모른다며 감사의 답신을 써보냈더구나…
그리곤 독일인들이 소포를 가로챈다는 편지가 오더니만 그 후론 편지가 끊겼어. 끝난 거지.
오르바흐 씨 집에서 며칠을 머물며 회복할 시간을 가졌지. 하지만 좌불안석이었어. 어떻게 하면 몰래 국경을 넘어 가족에게로 돌아갈 수 있을까?

보호령에서 제국까지는 아직 기차가 운행되고 있었다.
다만, 법적 서류가 필요했어. 물론 난 이게 없었지…

… 다시는 볼 수 없을 것 같던 곳으로 말이야.

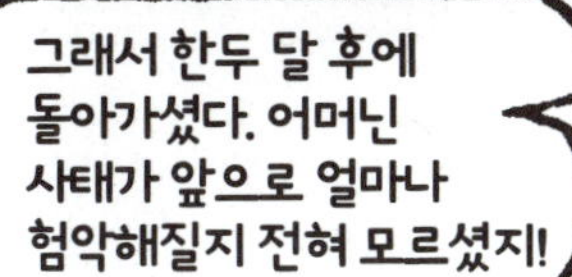

7시면 모든 유태인은 집 밖으로 나갈 수 없었고 집안의 모든 불을 꺼야 했다.

부모님 집에서 소스노비에츠까진 얼마 안 되는 거리였다.
들어가서서 방금 제게서 편지를 받았는데 일주일 후에 돌아온다고 했다고 그러세요.

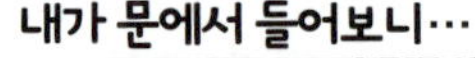

내가 문에서 들어보니…

농담하지 마세요! 블라덱이 정말 돌아온다면 우리에게도 편지했을 거예요.

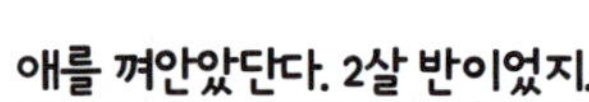

놀랐지!
어머나.

여보!

애를 껴안았단다. 2살 반이었지.
리슈!
으아앙
애가 소리쳐 우는 거야.

아가, 왜 우는 거니? 내가 네 *아빠야*
아앙

훌쩍 단추요, 아빠 쇠단추가 차가워요!

우리 집안의 기쁨이 어떠했는지는 말할 필요도 없겠지.

모든 게 무척 힘들었어.
정말 너무 힘들었지만,
그저 함께 있다는 걸로
행복했지.

지금의 나와 말라
같지가 않았어.

지금 말이다. 아냐가 살아
있다면 모든 게 다를 거야!

말란 나를 미치게 해. 늘 돈 얘기만 하지.
늘 내 유언 가지고 —
제발요,
아버지…

항상 그 얘길 하시지만 저로서는
별 도리가 없어요.
하지만 내겐 얘기를
나눌 사람이 필요해!

또 내가 돈을 간수하는 것도 다 널 위해서야!
됐습니다. 그건 다음에
이야기하도록 하죠. 전화
드릴게요!

게다가 늦었잖아요, '통금' 전에 집에
들어가야 되거든요!
흐음

어, 제 외투가 어딨죠?
여기 놔둔 줄 알았는데!

말라, 제 코트를 어디 다른 데 두셨나요?
아닌데. 지금 가려구?
십자말풀이

커피 좀 타 줄게.
됐습니다. 생각 없습니다…

…그리고 여기 커피는 지금까지 맛본 것들 중에 최악이거든요.
하지만 아직 네가 갖다 준 에스프레소 한 통이 남았는데.

그건 6개월도 넘었잖아요. 완전히 상했을 거예요!
그럼… 다른 차라도?

아니, 됐습니다. 그냥 제 외투만. 아, 아버지 제 외투 못 보셨어요?
봤지…

내가 버려 버렸다.
예?!? 농담이시죠?
어휴

돌려 주세요!
너무 늦었어…

네가 저녁 식사하러 가 앉았을 때 밖에 버렸다. 지금쯤 청소부가 가져가 버렸을 걸.

그런 낡고 허름한 외투를 내 아들이 입고 있다니! *부끄러운* 일이야!
제마음에 드는 옷이에요!

내게더 **두둑한** 게 있다. 알렉산더에서 새 **쟈켓**을 하나 샀지. 그러니 네겐 내 헌 것을 줄 수가 있어. 아직 새것 같단다.

자, 한번 걸쳐 봐라.
오, 좋군요 나브가하이드 잠바잖아요.

그런데 너무 크군요
이야~ 너에게 참 잘 어울리는 구나.

아버지, **제발** 이러시지 마세요 전 서른 살이 넘었단 말이에요. **제 옷은** 제가 골라요!

좀 입고 다녀 보면 얼마나 근사한지 **알게** 될 거다… 자, 아래층까지 바래다줄게.

그리고 아티, 잊지 말아라. 이번 주 전화하고 우리 이야기하는 거 말이다.
정말로 내 외투를 버렸군. 믿을 수가 없어.

…정말 믿을 수가 없어…

넷 · 조여오는 올가미

너, 늦었잖니!
아니죠, 식사 후쯤 온다고 했는데요.
나무 옷걸이
새로 산 트렌치 코트

벌써 밖이 어두워졌잖니? 배수관이 새서 네가 지붕에 좀 올라가 봤으면 했는데.
예?

전 그런 것 손보는 재주 없어요. 사람을 쓰시지 그러세요?
아이구!

너나 말라나 다 하늘에서 돈이 그냥 떨어지는 줄 아는구나. 내가 직접 고치겠어!
정신 나가셨어요! 그 몸으로 이층 사다리를 어떻게 오르신다는 거예요? …

원하시면 수리공 품삯은 제가 낼게요.
신경 쓰지 마라. 내 말은 잊어 버려…여기 내 곁에 앉아나 있어라. 자전거 운동 좀 해야겠다.

안하면 밤에 다리에 경련이 나서 말야. 들고 있는 건 뭐니?
새 녹음기예요… 받아 적기가 너무 힘들어서요.

그래? 얼마 줬는데?
겨우 75달러예요. 세일 중이었거든요.

저런, 코르베트에선 최고라도 35달러면 되는데.
그만! 됐습니다. 1940년 포로수용소에서 돌아오셨을 때 얘기나 해주세요.

처음 집에 돌아와서는 내가 떠나기 전과 똑같았다…
아직도 호사스러웠지. 독일인들이라도 모든 걸 한 번에 파괴할 순 없었으니까.

장인 집에는 모두 열 두 사람이 살았단다…

아냐와 나, 그리고 우리 아들 리슈…

아냐의 언니인 토샤, 그 남편 볼프, 그리고 어린 딸 비비,

거기에 90세가 넘으신 아냐의 조부모님이 계셨는데 아주 정정하셨지…

그리고 물론 장인 어른과 장모님…

또 네 외삼촌인 헤르만과 헬렌 외숙모의 아이들인 롤렉과 로니아까지.

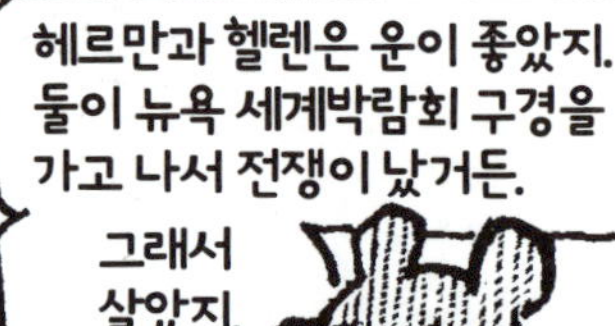

헤르만과 헬렌은 운이 좋았지. 둘이 뉴욕 세계박람회 구경을 가고 나서 전쟁이 났거든.
그래서 살았지.

할머니, 스튜가 전보다 더 맛있는데요.
아니야, 전쟁 전보다 못해. 필요한 재료를 구할 수가 없거든.

우리가 받는 쿠폰으로 살 수 있는 거라곤 매일 빵 8온스씩, 매주 약간의 마가린, 설탕, 잼, 이게 *전부라구!*
그럼 어떻게 하고 있는 겁니까?

내가 *게마인데*(유태인 공동체)에 기증한 게 많고 또 볼프가 거기서 일하고 있으니까… 좀 더 얻어낼 수 있지.

그런데다 암시장이 있거든. 돈만 있으면 언제든 뭐라도 구하지!

하지만 위험하다구요. 나치들은 사소한 법규 위반만 해도 노동수용소로 보내버린대요.
그것보다 더 하죠. 아무것도 위반 *안해도* 그래요!
한번 끌려가버리면 다시는 보지 못한다는구만!

…우린 그나마 먹을 것이 충분하고 다들 함께 있으니 행복한 거야.
하지만, 전쟁이 끝날 때까지 허리띠를 바싹 졸라매야 돼요.
자, 여자분들이 식탁 치우는 동안 우린 카드나 하죠.

제 비엘스코 직물 공장은 잘 돌보고 계시죠?
몰랐나? …모든 유태인 사업체는 '아리아인 관리인'에게 넘어갔다네…

로즈의 우리 공장에 가니까 "노인장, 집에 돌아가시는 게 좋겠소… 내일이면 내보내게 될 테니 말이오", 하지 않겠나.
예?

그럼 들어오는 돈도 없겠군요?
한 푼도 없지. 그런데도 가족들은 전쟁 전처럼 살려고 하니!

자, 블라덱. 카드나 나누지.
그런데 볼프, 당신은 무슨 일을 하죠?

게마인데에서 사무 보는 일인데… 하지만 몇 달 전에 장인 어른께서 은행금고에 넣어두었던 귀중품들을 다 되찾아오셨다네. 예금으로 얼마나 버틸 수 있겠어요?

너무 걱정 말게, 블라덱. 좀만 있어봐… 언제 그랬냐는 듯이 전쟁이 금방 끝날 테니!
그럼, 금방이지!
어휴!
볼프는 오직 카드 생각뿐이었어.

이튿날 모드르제요 프스카 가에 나가 봤지.
여기선 사람들이 아직 돈벌이를 하고 있었어.
비밀 거래로 말야…합법적인 게 아니었지.

그 다음엔 전쟁 전에 내게 빚을 진 상점들을 들렀지…

그 쪽지엔 내가 그의 동업자라고 돼 있었어.
그런 문서는 가지고 있으면 유용할 때가 있지.

난 거기서 나중에 아우슈비츠에 가서 써먹을 수
있었던 일들을 배웠단다.

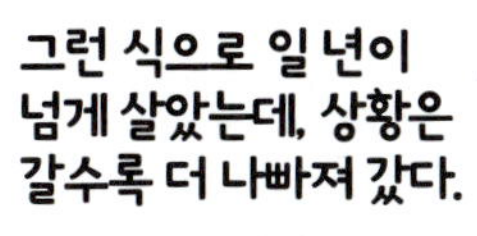

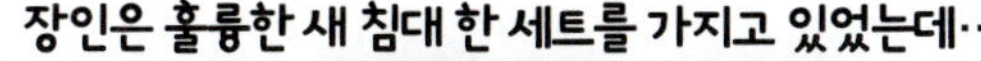

볼프와 난 값 나가는 걸 모두 이웃 폴란드인 집에 감춰두기 위해 날랐지.

장모님은 담석이 있어 독일인들이 들이닥친 날 침대에 누워 계셨지.

장인에겐 늘 찾아와서 카드를 하는 친구가 있었단다.

가구는 감춰 둬서야 아무 쓸모가 없잖아. 그래서 팔려고 위층으로 다시 옮겨다 놨다.

장인은 그 뒤로 매우 우울해 하셨지. 매우 우울해 하셨어.

그 순간 저쪽에 일체키가 걸어가는 걸 보았다. 난 급히 그에게로 걸어 갔지.

한데 말이다, 집에다 말만 꺼냈는데도 **난리가** 아니었다.

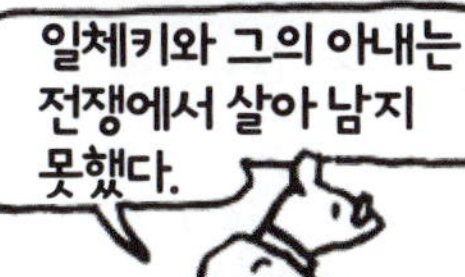

이제 우리 식구 12명 모두가 방 두 개 반 짜리에서 살게 된 거야.

그래도 아직은 이게 진짜 게토는 아니었어. 밤에 집에만 돌아오면 다른 지역을 돌아다닐 수도 있었고

토샤가 창문 달린 방을 쓰겠다고 우겼거든.

여기서도 몇 달간은 암시장 거래를 계속했는데 아주 안 좋은 소식이 들려왔어. 아주 안 좋은…
무슨 일이죠, 아버지?
내 친구 나훔 콘과 그의 아들이 체포됐어.
쿠폰 없이 물건을 거래한 죄로 4명의 유태인을 끌고갔단다.
나도 여러 번 콘과 거래를 했었다.
독일 놈들이 그들을 본보기로 삼으려는 거야!
이튿날 나는 모드르제요프스카 가에 나갔다가 그 사람들을 봤는데…
그들은 한 주 내내 거리에 매달려 있었다.
콘은 가게를 가지고 있었어. 소스노바에츠 전체가 알고 있었지. 종종 내게도 쿠폰 없이 옷감을 줬었다.
난 페퍼와도 거래했었지. 훌륭한 젊은이였는데. 시온주의자였지. 막 결혼했는데 말야. 그의 아내가 울부짖으며 거리를 뛰어가더구나.

난 며칠 동안 밖에 나가기가 겁이 났다…
목 매단 곳 근처를 지나가기가 싫었어.
아마 그들 중 누군가는 독일 놈들에게 내 이야길하고 목숨을 건질 수도 있었을 거야.

아, 지금도 그들을 생각하면 눈물이 나! 봐라! 이 죽은 눈에서도 눈물이 나온단다!

그즈음 어머닌 뭘 하셨죠?
집안 일이지…그리고 뜨개질….독서, 그리고 늘 일기를 썼지.

어려서 집안에 폴란드어로 된 공책이 있던데 그게 어머니 일기장이었나요?
그래, 허나 좀 다르다.

아냐의 일기는 전쟁으로 남아나지 못했다. 네가 본 건 전쟁 후에 쓴 거지. 시작부터 끝날 때까지의 이야기 전부.
맙소사! 그게 어딨죠? 이 책엔 그게 필요해요!

쿨룩! 아티, 부탁이다. 담배 좀 꺼렴. 숨이 가빠지는구나.
제 생각엔 자전거 때문인 것 같은데요!

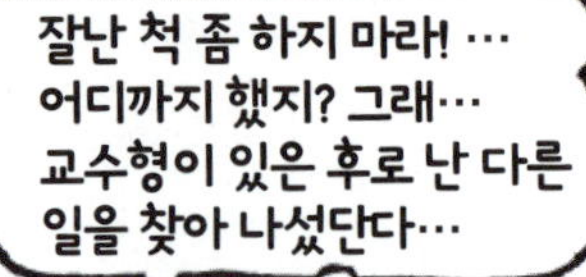

잘난 척 좀 하지 마라! … 어디까지 했지? 그래… 교수형이 있은 후로 난 다른 일을 찾아 나섰단다…

…금과 보석류를 거래하기 시작했지.
의류보다 숨기기가 더 나았어. 난 물건을 유모차에 감추었다. 그때 돈을 좀 벌었지.

우연히 스클라르치크를 만나게 됐었다.
그는 모드르제요프스카에 큰 식료품 가게를 가지고 있었단다.

그래서 거기 앉아 그와 얘길 나누었다.
얘기 중에 그는 찾아온 고객을 맞기도 했는데…

그러더니 얘길 좀 하다가
그가 내게 제안을 하는 거야.

사람은 배가 고프면 일을
찾기 마련 아니겠니?

한 번은 10에서 15킬로 정도의
설탕을 배달하는데…

뭐라고 할 수 있었겠니?
이건 *진짜* 교수형 감인데!

하지만 우리가 스타라 소스노비에츠로 옮기고 나선 내 장사가 더 힘들게 됐지… 나다니기가 그리 쉽지 않았거든.
양철점도 문을 닫았다. 그 주인은 거기서 영업을 허가 받은 유일한 유태인이었어. 할 수 없이 난 독일인 목공소에 일자리를 얻었지.
장인과 톨렉은 벌써 거기서 일하고 있었다. 돈 한 푼 못받고 말야. 난 전에는 필요 없었지만 그때부턴 근로증명이 없으면 안되었거든.
볼프가 게마인데에 자리를 알아 볼 수도 있었지만…유태인들이 끌려가는 현장인 그곳에 관여하고 싶질 않았지
그러다가 또 독일놈들에게서 뭔가 새로운 게 흘러 나왔어. 공고였는데…
"70세 이상의 전 유태인은 1942년 5월 10일자로 체코슬로바키아의 테레지엔슈타트로 이주해야 한다…"
"…이곳 소스노비에츠보다 노약자를 더 잘 보살필 여건을 갖춘 지역으로서…"
그리 나빠 보이지 않는데!
휴양소 같구만.
공 고
아냐의 조부모님은 90세가 다 되셨지.
우린 70년 동안 한가족으로 함께 살아왔어. 우린 헤어지고 싶지 않단다!
걱정 마세요. 두 분을 데려가게 놔두지 않겠어요.
아직 아우슈비츠나 소각로에 관해 아는 건 없었지만 어찌됐든 두려웠어
…그래서 마당에 벙커처럼 은신처를 만들었다…
우린 두 분께 몰래 음식을 갖다드리고 안전할 땐 잠깐씩 집 안으로 모셔왔지.
단 면 도
헛간
가짜 벽
조부모님

한 달 후 그들이 장인을 또 찾아왔다.

장인은 아직도 게마인데의 "보호"를 받고 있었기에 그들은 장모님은 두고 *그 분만* 데리고 갔지.

두 분은 테레지엔슈타트로 가시는 줄로 알았지.

조부모님께 그런 일이 있은 후로 몇 달은 조용했다.
그러다가 사방에 포스터가 나붙고 게마인데에서 공고가 나왔는데…

정말 어떻게 말씀드려야 할지 몰랐다.

모두 안으로 입장하자 게슈타포가 기관총을 들고 스타디움을 에워쌌다.

그리고는 선별 작업이 있었는데 사람들을 왼쪽 또는 오른쪽으로 갈라 세웠지.

나와 아냐는 내 사촌이 앉아 있는 테이블로 갔지…

통과한 우린 너무 기뻤다. 그러나 곧 걱정이 됐어. 우리 가족은 무사할까?

나중에 아버지를 본 누군가가 말해줬어.
아버지도 그 사촌을 통해 잘 된 쪽으로 갔다고 말이야.

펠라가 왼쪽으로 분류된 거야.
아이들 네 명은 너무 많았지.

그래서 어쩌셨을 것 같니? 몰래 안 좋은 쪽으로 넘어가셨단 말이다.

도장을 받은 사람들은 집으로 돌려 보내졌다.
하지만 이젠 소스노비에츠에 남은 유태인 수는 더 줄었어.

우 — 좀 무리했구나. 어지러워.
좀 누우셔야겠어요.

끝났니?
예예. 아버지가 지치셨네요. 눈 좀 붙이신대요.

소스노비에츠에서 다들 증명서에 도장을 받아야 했던 때 얘길 하던 중이었어요.
스타디움 말이지? 그래… 그때 우리 어머니도 끌려갔지.

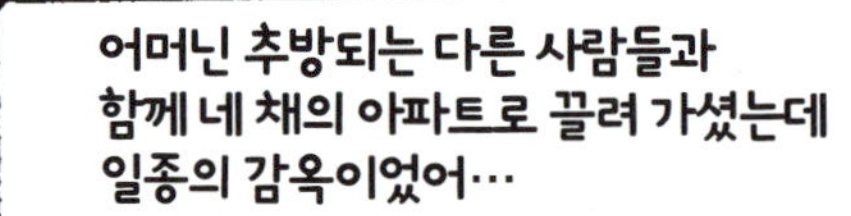

어머닌 추방되는 다른 사람들과 함께 네 채의 아파트로 끌려 가셨는데 일종의 감옥이었어…

거기에다 수천 명을 집어넣었지. 너무 답답해서 일부는 질식했어. 먹을 것도 화장실도 없고… *끔찍했지.*

사람들은 비참한 처지를 끝내고 싶어 창밖으로 뛰어내리기까지 했어.
세상에!

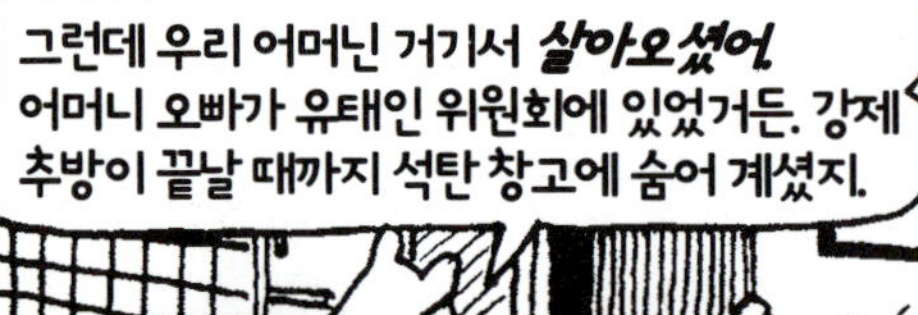

그런데 우리 어머닌 거기서 *살아오셨어.* 어머니 오빠가 유태인 위원회에 있었거든. 강제 추방이 끝날 때까지 석탄 창고에 숨어 계셨지.

삼촌이 내게 몇 개 아파트에서 나오는 사람들 오물 치우는 일을 줬어. 토사물! 인분! 일을 하면서 간신히 어머니를 빼돌렸지.

결국은 어머니와 아버지 두 분 다 아우슈비츠에서 끝을 맺으셨지만. 거기서 돌아가셨지.

어디 가? 커피도 안 마시고?
생각나는 게 있거든요. 제 어머니가 일기를 쓰셨다고 아버지가 그러셨는데, 창고에 있는 아버지 서가에서 *어렴풋이* 본 기억이 있어요.

그랬다면 나도 봤을 텐데.
어쨌든 온갖 것들이 다 있으니 한번 살펴 보죠.

굉장한 잡동사니야…여객선의 음식메뉴에다…파인즈 호텔의 서류철…

이것 좀 보세요! 1965년도 드라이독 은행 달력이에요…아버진 거기 구좌 하나 없을 텐데.
그 양반 때문에 내가 미친단다. 작년에 입원실에서 가져온 플라스틱 주전자도 못 버리게 한다니까!

그 양반은 사람보다 물건에 더 애착을 느끼나 봐!

얼마나 참을 수 있을지… 정말 모르겠어 …
그만 집에 가봐야 겠네요. 일기장들은 다음에 찾아보죠.

잠깐!
전부 원래의 제자리에 놔줘, 안 그러면 끝없이 잔소릴 듣게 돼!
알았어요 알았어요 진정하세요

다섯 · 쥐구멍

음?
여보세요, 아티? 난데 말이야. 자네 아버질 어찌 해야 할지 모르겠어. 지금 지붕으로 올라가고 계셔!
어? 말라?
배수관을 기어이 고치겠다고 하더니 현기증을 느끼나 봐! 어떻게 끌어내려야 할지 모르겠어!
지금 몇 시죠?
이젠 또 다시 기어오르려고 해! 어떻게 해야 하지?
제발 소리 지르지 마세요.
수리공을 부르지 그러세요? 아유, 겨우 7시 반이에요! 프랑소와즈와 전 4시에야 잠들었어요! 아시잖아요, 우리가 일어나는 시간이-
여보세요? 아티냐? 나 애비다.
잠깐만! 말라 때문에 미치겠구나! 지금 여기로 와서 나 좀 도와줄 수 있지?
뭐라구요? 설마? 농담이죠!
내가 젊었을 땐 이런 일은 나 혼자 할 수 있었는데. 지금은, 얘야, 배수관 고치는 데도 네 도움이 필요하지 뭐냐
아, 저기요, 아버지. 커피 좀 마시고 다시 전화 드릴게요.
후— 꼭 꿈을 꾼 듯하군.
무슨 일예요? 또 아버님이세요?

아유, 글쎄 지붕인지 뭔지 고치는 것 좀 도와달라고 오라는데. 제기랄! 어려서도 아버지 하시는 집안일 돕는 게 질색이었는데 말야.

아버진 당신이 손재주 좋은 걸 뽐내고 싶으셨거든. 그러면서 내가 하는 일은 다 틀렸다는 걸 보여주려고 말이지. 덕분에 수선이라면 난 완전히 노이로제야.

그래서 난 이 집에 이사 오기 전엔 망치 하나도 갖고 싶지 않았지! 내가 예술가가 된 것도 아버지가 이걸 비실용적이고 시간 낭비일 뿐이라고 여겼기 때문이고…

…예술이야말로 아버지와 경쟁하지 않아도 되는 분야였거든.
그래, 퀸즈로 나가 볼 거예요?

어림없지. 차라리 죄책감을 느끼는 편이 낫다구! 게다가 난 너무 바쁘고 아버진 충분히 사람을 쓸 여유가 있잖아.

아, 여보세요? 아버지, 들어보세요, 배수관 얘긴데요. 갈 수 없을 것 같아요.
그래? 신경 쓰지 마라, 아티…

지금 이웃에 사는 프랭크에게 얘길했다. 나를 도와서 주중으로 고치기로 했다.
그거 잘됐군요.

그럼, 물론이지. 오늘 고치면 더 좋을 텐데. 어쨌든 누군가가 도와줄 거니까!
아주 잘됐군요.

한 주쯤 후 이른 오후 시간…

아니, 아버지, 차고에서 뭘 하시는 거예요?
여긴 늘 내 할 일이 있단다. 낡은 못을 치우고 있지. 긴 것과 짧은 것을 따로따로 두려고 말이다.

지붕은 다 고치셨나요?
응— 결국 옆집의 프랭크가 와서 함께 고쳤지.

음… 제가 좀 도울까요? 그 못이나 뭐…
아니…

이런 일은 혼자서도 할 수 있다.

저…괜찮으시죠?

아니! 지금 생활대로는 아무것도 괜찮을 수가 없지!

위층으로 올라가 있거라. 여기 일을 마치고 금방 올라가마.
그러죠

안녕하세요!
오! 아티, 깜짝 놀랐어. 자네 아버지와 살다 보니 신경이 완전히 곤두섰거든.

아래에서 보니까 마음이 편치 않으신 것 같던데요. 지난주에 제가 도와드리러 오지 않아서 화나신 거 아닌가요?
그런 것 같진 않던데.

하지만 이 집을 수리하고 유지하는 것마저도 이제 그분 혼자는 힘들어. 팔고 마이애미에 콘도를 사자고 계속 얘기하고 있단다.
우울해 보이시던데요.

아마 자네가 전에 그린 만화, 자네 어머니에 대한 만화 때문일 거야.
예?

아버지가 며칠 전 그걸 처음으로 봤거든.
'지옥 혹성의 죄수'를 어떻게 아시죠?

내 친구 루씨에게 대학 다니는 아들이 있는데, 그 애가 만화는 *다* 본대. 걔가 루씨에게 그걸 보여 줘서 루씨가 내게 한 권 줬지 뭐야.
이런!

아버지가 보시면 안 좋을 것 같아 감춰뒀었단다. 한데, 어떻겐지 보시고 말았어.
이건 몇 년 전에 그린 건데.

별로 신통찮은 언더 만화 책에 실렸었는데, 아버지가 보시리라곤 생각도 못했어요.
PRISONER ON THE HELL PLANET

아버진 일하고 돌아오셔서 어머니를 발견했는데, 손목이 베어져 있었고 그 옆에 빈 약병이 놓여 있었다 …

나는 3개월 전에 주립 정신병원에서 퇴원하면서 약속한 대로 부모님과 함께 지내고 있었다.

나는 여자 친구인 이사벨라와 함께 주말을 보내고 온 참이었다. (부모님은 그녀를 좋아하지 않았다.) 집에 돌아오는 길이 늦었다 …

오기로 했던 시간에 집에 왔더라면 난 어머니 시신을 볼 수 있었을 것이다 …

모인 이들을 보았을 때 갑자기 두려움을 느꼈다 … 최악의 경우가 떠올랐지만 난 인정하지 않았다.

난 더 이상 피할 수가 없었다. 의사의 말이 내 안에서 울려 퍼졌다… 혼란스러웠다.
화가 치밀었다. 멍한 느낌이었다. 정말은 울고 싶지 않았다… 하지만 그래야 한다고 생각했다…

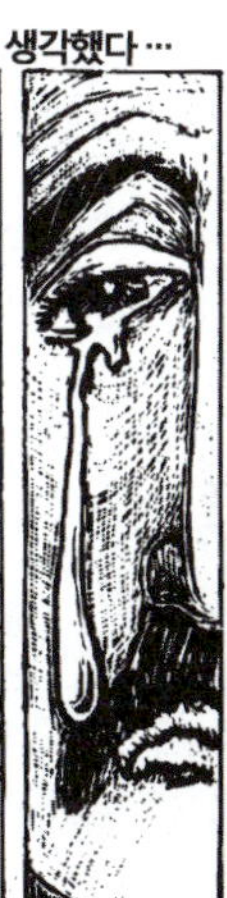

우린 집으로 갔다.
아버지는 완전히 얼이 빠져 계셨다…

*아버지*를 위로할 사람은 *나뿐*이었다.

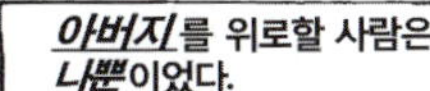

장례절차는 어떻게든 준비되었다…

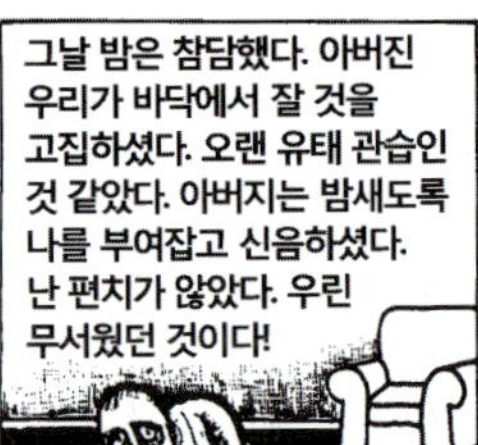

그날 밤은 참담했다. 아버진 우리가 바닥에서 잘 것을 고집하셨다. 오랜 유태 관습인 것 같았다. 아버지는 밤새도록 나를 부여잡고 신음하셨다. 난 편치가 않았다. 우린 무서웠던 것이다!

그 다음날, 장의사에서는 더 심각했다 …

יתגדל ויתקדש
שמה רבא בעלמא-

아버진 자제하려고 애를 쓰며 기도하셨다.
그 당시, 난 제 정신이 아니었다. 난 어머니께
티베트 사자의 서를 암송해 드렸다!

די ברא כרעותה וימליך …

"오 태생이 고귀한 그대여
형체도 없는 공허 가운데를
지나가는 동안 모든 살아 있는
것들의 하나됨을 기억하라 …

안나 안나 안

너무 엄청났다. 난 있을 수가 없었다 …

안나 안

집안 어른 한 분이 복도에서 나를 보고는 …

이제야 우는 구만!
어머니가 살아계실
때 울었으면 더 낫지!

구역질이 났다 … 죄책감이 나를 짓누르고 있었다!

FUNFRAI
MOUNT ZION
FUN

그 다음 주는 애도하며 보냈다 …
아버지 친구 분들은 모두들 내게 조의와
아울러 적의를 표했다 …
아더, 참 안됐어요 …
저놈 잘못이야. 저 괴짜 놈!
나 때문이라고 생각하고 있어!!

… 하지만 대부분은 혼자서 생각에 잠겨 있었다 …
편집경기오울증
히틀러지이야?!
어머니!
개같은 년!

어머니를 마지막으로 봤던 때가 떠올랐다.
… 아티 …

내 방에 들어오셨는데 … 늦은 밤이었다.
… 아티 … 너 … 날 … 사랑하지 … 그렇지? …
물론이죠, 엄마.

… 난 어머니가 끈끈한 모정을 떠올리는 게 싫어서 돌아누웠다 …
… 어머니는 걸어 나가시고 문을 닫았다
철컥!
아!

아, 어머니. 듣고 계신다면 …
축하드립니다! … 어머닌 완전범죄를 하신 거예요.
절 여기 처넣고 … 제 회로를 끊어 버리고 … 신경을 파괴해 버리고 … 엉망으로 만들어 버렸어요!

어머닌 절 살해했는데 난 여기 남아서 벌을 받아야 해요!!!
이봐, 조용히 좀 해! 잠 좀 자게!
© art spiegelman, 1972

이야, 아버지가 이걸 보셨다니 놀랍군요. 절대 만화는 안 보시는데…

코앞에 갖다 놔도 제 작품은 거들떠 보지도 않으세요.
하지만 이건 다른 만화 같지가 않아…

루씨가 그걸 보여 줬을 때 난 기절하는 줄 알았어. 충격을 받았지. 너무나… 가슴에 와 닿았거든!

…하지만 아주 정확해…객관적이지. 난 아냐의 장례식이 끝나고도 오랫동안 여기서 일을 도왔지. 자네 말대로야.
자 아티, 준비됐다.

은행까지 같이 좀 걷자꾸나.
말라 말이 제 만화, 어머니에 관한 만화를 보셨다면서요.

그래, 지난번 네가 부탁한 걸 찾다가 발견했지. 휴! 저기 네 엄마 사진을 보고 읽었는데 울고 또 울었다.
죄, 죄송 해요.

너 나름으로 표출하는 것도 좋은 일이지. 하지만 그게 나를 또 다시 아냐 생각에 잠기게 했어.

…물론 어떻게든 아냐를 늘 생각하고 있지.
그래요. 당신 책상엔 온통 그녀 사진뿐이잖아요! 마치 제사상처럼요!

말라, 내가 어떻게 해야하지? 사진들을 쓰레기통에 처넣을까? 내책상엔 당신 사진도 있다구!
참 자상도 하시군요!

저 여자와 어떻게 지내는지 봤지? 언제든 뭘 하든지 아웅다웅하게 돼.
어머니 일기는 찾으셨나요?

아직까지 안 나타나는구나. 찾아봤지만 찾을 수가 없어.
그게 있어야 돼요

다음에 다시 찾아보자꾸나. 지금은 은행에 가봐야겠다.
그러죠.

난 매일 걷는다. 안 그러면 다리가 혈액순환이 안돼 경련이 일어나. 참 끔찍하지. 잠도 못 자요.
거기다 심장을 위해선 천천히 걸어야만 돼.

스타디움에서의 대규모 선별작업 이후로 아버지와 어머닌 어떻게 되셨죠?
그러고는 잠시 동안 모든 게 조용했지. 그러다가 1943년에 포고령이 내렸어. 소스노비에츠에 남아 있는 유태인 모두가 근처의 스로둘라라는 옛 마을에 가서 살아야 한다는 거야.

그리고 스로둘라의 폴란드인들이 소스노비에츠의 우리들 집으로 이주할 돈을 우리 유태인이 지불해야 된다는 거야…스로둘라가 그 후로 우리가 살아갈 게토가 된 거지.
유태인 거주지역
우리 가족은 오두막을 하나 얻었다. 전보다 더 좁은 공간이었지만 어쨌든 살 곳은 있었으니까. 길거리에서 사는 사람도 많았단다.

우린 매일 소스노비에츠로 끌려 가서 독일인 가게에서 일했지…

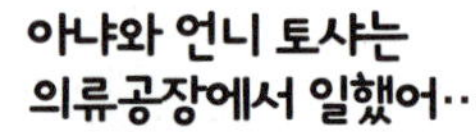

아냐와 언니 토샤는 의류공장에서 일했어…

그리고 난 조카 롤렉과 함께 목공예점에서 일했단다.

경비병들은 우릴 매일 한 시간 반 정도 행진시켜서 일터로 가게 했다.
WOHNGEBIE
경비병들은 커다란 곤봉을 든 유태인들이었는데 꼭 독일 놈들처럼 행동했지.

그리고 매일 저녁 행진으로 되돌아와서는 수를 세고 안에 가뒀지.
여보! 롤렉! 빨리 집에 가 봐요!
고모! 무슨 일 이죠?

볼프의 삼촌인 페르시스가 집에 와 있어요!
차비에르치에서 말이야?

그래요. 그 곳의 거물이죠. 그 곳 유태인 위원회의 위원장이거든요. 볼프, 토샤, 그리고 비비를 차비에르치에로 데려가고 싶어 한대요

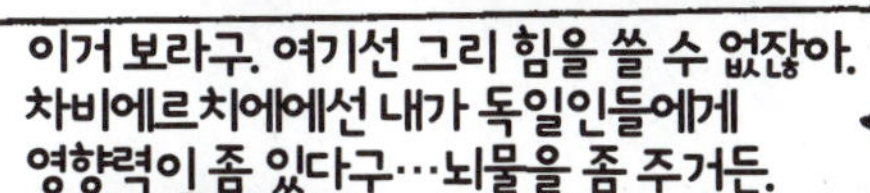

90살! 이때가 1943년인데! 90살 먹은 다른 유태인은 아무도 남아 있지 않았는데 말이야!

아냐의 어머닌 사실을 직시하고 싶어 하지 않으셨다. 하지만 결국은 장모님도 동의하셨다.

우린 그들이 눈에 안 보일 때까지 지켜봤어.

애들은 대부분 끌려갔는데 두세 살밖에 안 된 애들도 있었다.

그러자 독일 놈들이 애들 다리를 잡고 벽에다 후려쳤다더구나…

독일 놈들은 아직 살아남아 있던 얼마 안 되는 어린애들을 이런 식으로 다뤘어.

그런데 리슈 형은 어떻게 된 거죠?
아! 우리 착한 아기, 우린 한참 후에야 알게 됐단다.

리슈를 차비에르체에로 보내고 몇 개월 후 독일 놈들은 그 게토를 끝장내기로 결정했어.
총소리가 시끄럽네요 무슨 일이죠?
너무 무서워, 토샤!

이곳의 게슈타포가 전부 오폴레에서 온 다른 자들로 교체됐대. 그들이 페르시스와 나머지 유태인 위원들을 쏴 죽였대!
뭐예요?

차비에르치에를 소개시킨대. 우리 모두 당장 짐을 가지고 광장으로 나가야 한다구. 우리 전부를 아우슈비츠로 보낸다는 거야!
오, 하나님!

안 돼!

가스실엔 가지 않겠어!

우리 애들도 가스실엔 안 가.

비비! 로냐! 리슈! 어서들 이리 와!
토샤는 항상 목에 독약을 걸고 다녔지… 그녀 자신뿐만 아니라 세 아이들 모두의 목숨을 끊었어.

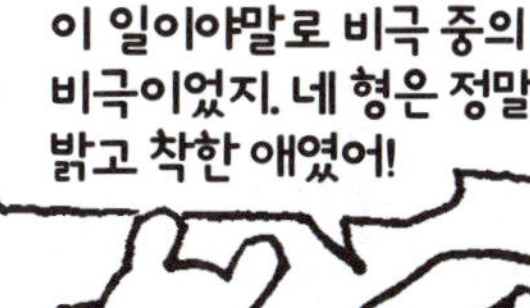

이 일이야말로 비극 중의 비극이었지. 네 형은 정말 밝고 착한 애였어!

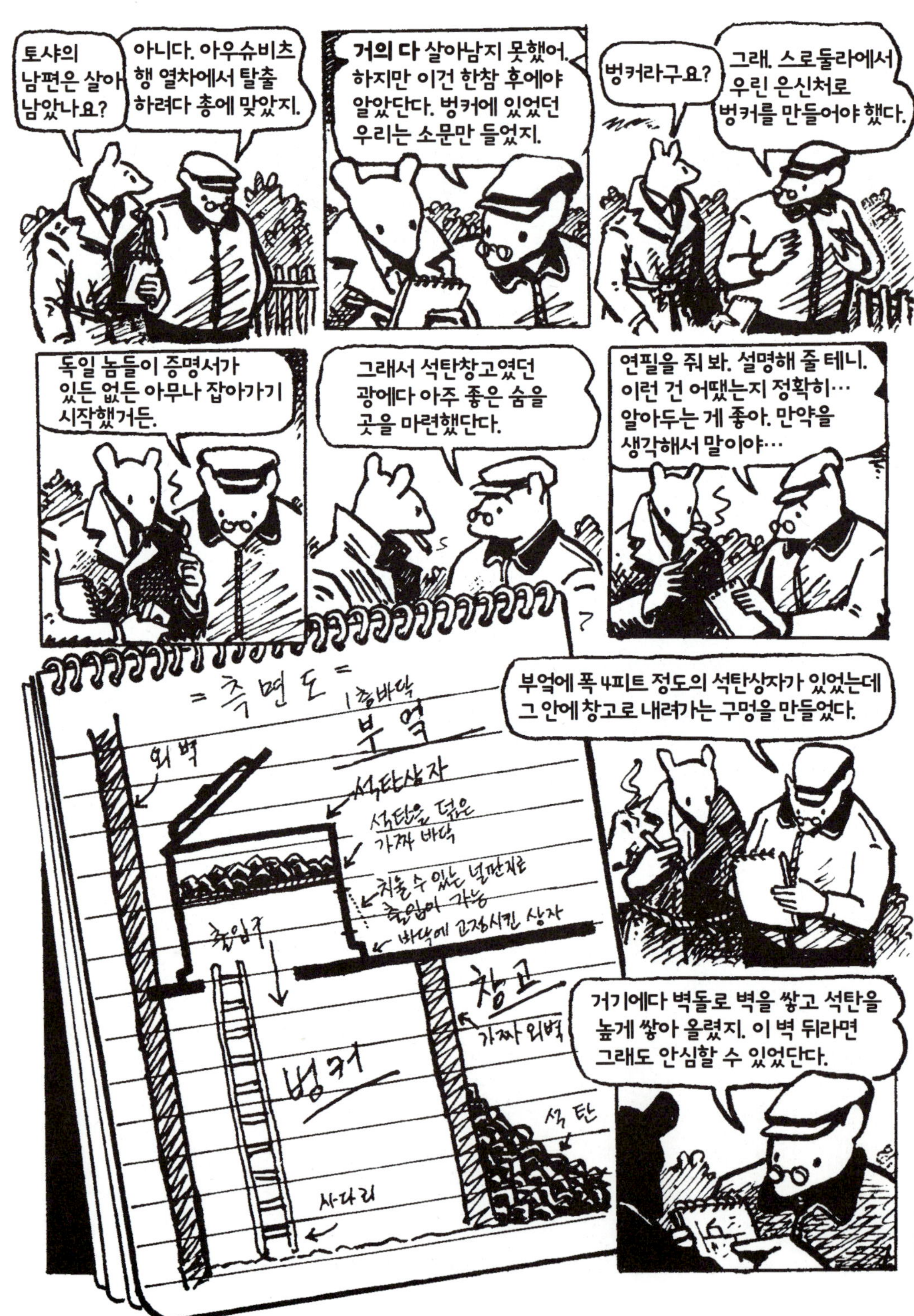

토샤의 남편은 살아 남았나요?
아니다. 아우슈비츠 행 열차에서 탈출 하려다 총에 맞았지.
거의 다 살아남지 못했어. 하지만 이건 한참 후에야 알았단다. 벙커에 있었던 우리는 소문만 들었지.
벙커라구요?
그래. 스로둘라에서 우린 은신처로 벙커를 만들어야 했다.
독일 놈들이 증명서가 있든 없든 아무나 잡아가기 시작했거든.
그래서 석탄창고였던 광에다 아주 좋은 숨을 곳을 마련했단다.
연필을 줘 봐. 설명해 줄 테니. 이런 건 어땠는지 정확히… 알아두는 게 좋아. 만약을 생각해서 말이야…
부엌에 폭 4피트 정도의 석탄상자가 있었는데 그 안에 창고로 내려가는 구멍을 만들었다.
거기에다 벽돌로 벽을 쌓고 석탄을 높게 쌓아 올렸지. 이 벽 뒤라면 그래도 안심할 수 있었단다.
= 측면도 =
1층바닥
부엌
외벽
석탄상자
석탄을 덮은 가짜 바닥
치울 수 있는 널판지로 출입이 가능
바닥에 고정시킨 상자
출입구
창고
가짜 외벽
벙커
석탄
사다리

그들이 개를 끌고 와서 우리 냄새를 맡게 했을 때도 유태인들이 숨어 있다는 건 *알았지만* 도저히 찾지 못하고 간 적도 있었다.

개들이 미친 듯이 날뛰며 오르내렸다. 하지만 석탄상자엔 석탄뿐이었지. 가득 차 보여서 들어 낼 수가 없었다. 또 창고는 창고일 뿐이었고.

나가도 괜찮지 않을까? 벌레들이 기어오르는 걸 참을 수가 없어.
독일 놈들이 떠나고 있어!
벙커 안엔 벌레가 있었다.

아직 여기 며칠 머무를 만한 음식은 충분해요. 사태가 진정될 때까지 기다리는 게 좋겠어요.
우린 거기서 몇 번의 수색에도 불구하고 살아남았지. 그렇지만 내가 만든 것만큼 훌륭한 은신처가 없었던 다른 사람들은 계속해서 끌려갔단다.

그리곤 6월에 모니에크 메린을 비롯해 유태인 위원회 거물들이 다 잡혀 들어갔지.
벙커
가짜자벽
다락
이중침실
상들리에로 감춘 출입구
이즈음 우린 다른 집으로 들어가게 됐어. 여기에다가도 벙커를 만들었단다.
7월 말까지 나치는 우리 게토를 완전히 쓸어버렸다. 한 주 동안 만 명의 유태인이 끌려갔단다.
먹을 걸 구하러 몰래 다니는 걸 빼놓고는 대개 벙커에 머물렀다.
롤렉! 무사하다니! 하나님 감사합니다!
바깥은 전쟁터 같아요!
스로둘라에는 거의 남아 있는 사람이 없어요. 다들 끌려가거나 총살당했죠.
소스노비에츠 전체의 유태인 중에서 약 천 명 가량이 게토에 남아 있었다.
어쨌든 보따리가 두둑하구나...음식을 많이 찾아왔겠지
오래된 무말랭이뿐이에요 그리고 책 몇 권 하구요
책이라구!? 너 어떻게 된 거 아니니? 책을 먹을 순 없잖아!
쉬!
항상 배가 고팠다. 먹을 거라곤 없었으니까.

어느 날 밤은 몰래 음식을 구하러 가려는데…

그 사람을 벙커로 끌어올렸지.

아침에 우리는 그에게 음식을 조금 줘서
가족에게 돌려보냈는데…

밀고자인지도 몰라. 가장
안전한 건 죽여 없애는 거야!

어떻게 해야 했을까? 우린
그를 불쌍하게 여겼던 거야.

한 200명 정도가 같이 기다리고 있었지.
아우슈비츠로 가는 기차는 매주 수요일에 있었거든.
우리가 잡혔던 날이 아마 목요일이었을 거야.
저것 봐, 여보! 마당에 내 사촌 야콥 슈피겔만이 있어.

어이! 야콥! 도와줘!
야콥! 우릴 좀 도와줘!
블라덱 아냐?
나도 별 수가 없다네!

내가 돈을 내겠다는 표시를 했지.
끌려올 때 벙커의 굴뚝에 금을 숨겨 두었지만 귀금속 약간은 가지고 있었거든.

알았어! 걱정 말라고!
하스켈이 가서 도와줄 거야!
하스켈 슈피겔만은 또 다른 내 사촌이었지.

돈이 없었더라도 도와주지 않았을까요? 제 말은 그래도 한 집안 친척인데 말이죠…
어허! 이해를 못 하는 구나…
그땐 더 이상 일가친척이란 게 없었어. 그저 다들 제 목숨 유지하기도 힘들었거든!

이튿날 두 아가씨가 음식을 들고 들어왔어. 그들과 함께 유태인 경찰의 우두머리인 하스켈이 왔더구나.
(이봐, 블라덱. 내가 자네와 자네 처, 가능하면 조카도 빼줄 수 있네. 하지만 자네 어른들은 너무 연로하셔 경비병들 앞을 통과할 수가 없거든.)
부탁하네! 그만한 값어치가 있을 걸세.

그가 두 아가씨를 주방으로 보냈지.
어이, 서둘러 이 빈바구니를 잡고 나하고 같이 들어 옮기는 거야.

우린 창문으로 롤렉이 가는 걸 지켜봤지.
제발, 여보게…

마르카와 나도 내보내 줘야 하네. 자네 사촌에게 이 금시계며 다이아몬드며 뭐든 주게!
그럼요 가능한 모든 수를 쓰겠습니다.

다음 날은 아냐와 내가 빈바구니를 들고 나갔지.
하스켈은 장인의 보석들을 받아 챙겼어. 한데도 결국 두 분은 구해 주지 *않았단다.*

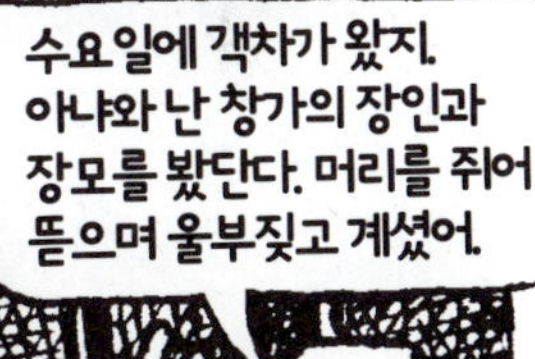

수요일에 객차가 왔지. 아냐와 난 창가의 장인과 장모를 봤단다. 머리를 쥐어 뜯으며 울부짖고 계셨어.
장인은 백만장자였지만 그것도 그 분의 목숨을 구해 주지는 못했다.

그럼 두 분은 아우슈비츠에서 돌아가셨겠군요?
뭐? 아니면 뭐겠니? 거기서 바로 가스실로 가셨지.
하스켈은 장인의 보석을 기쁘게 받아 챙겼지만 두 분을 구하는 위험을 감수하는 건 내키지 않았던 거야.
하스켈은 늘 그랬지. 그러니까, 협잡꾼이었지.
뭐라구요?
협잡질을 꾸미는 사람말이다…계략가고 사기꾼이지.
뭘 주우셨어요?
전화선이다. 보기 어려운 거야.
집에 전선이 좀 있는데 뭘 묶을 때 쓰기 좋겠다.
늘 쓰레길 주우시는군요! 전선을 사지는 못하세요?
허. 찾으면 있는데 왜 항상 사려고 하니? 그리고 이 전선은 가게에 있지도 않아.
전선을 좀 나눠 줄게. 얼마나 쓸모가 있는지 봐라.
사양하겠어요! 하스켈이 어찌 됐는지나 말씀해 주세요.
여긴 유태인이 이제 1,000명쯤 남아 있네. 대부분 브라운 제화공장에서 일하지.
스로둘라가 폐쇄될 즈음인 그 당시 하스켈은 게토의 거물이었지.
두 사람을 거기 등록시키겠네. 안녕하십니까, 병장님!
안녕하시오 슈피겔만 씨?
하스켈은 자주 게슈타포와 카드놀이를 했지.
오늘 밤 보게 되겠죠? 그렇죠?
당연히 그래야죠. 지난번처럼 운이 좋으시면 안 되는데.
그는 독일 놈들에게 큰돈을 잃어 주었기 때문에 다들 좋아했지.

하스켈은 동생이 둘 있었는데, 페사크와 밀로치였어.
페사크 또한 *협잡꾼*이었어. 하지만 밀로치는 좋은 친구였다.

하스켈은 아직 폴란드에 살아 있어. 폴란드 여자와 살지. 판사인데 그를 숨겨 준…
허 억!

내, 내 심장이~ 아티! 빨리! 내 호주 머니에서 약을 꺼내.
북
ㄴ
ㄴ

여 여기요…괜찮으세요?
휴우
즈

이젠 괜찮을 거야. 잠깐 호흡을 고르면 돼.
저 계단에 좀 앉죠.

가만 있으세요. 아무 말 말고요.
후! 우리가 너무 빨리 걸었나보다.

살았다! 약을 먹으니 깨끗이 사라졌어! 어디까지 얘기했지?
정말 괜찮으세요? …

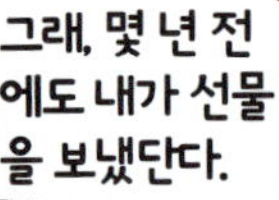

그러니까… 하스켈이 전후에도 살아남았다고 했어요.
그래, 몇 년 전에도 내가 선물을 보냈단다.

선물요? 뭣 때문에요? 형편없는 사람 같은데!
그렇지 왠지는 나도 모르겠다. 그냥 보냈을 뿐이야.

한번은 게토에서 돌아다니다가…
정지, 유태인!

신분증을 내놔 봐~ 머리통을 날려 버리겠다.

아, 훌륭한 슈피겔만 가문 사람이구만… 잘 가시고 하스켈에게 안부 전해 주시오
하스켈에겐 그렇게 친구가 많았지.

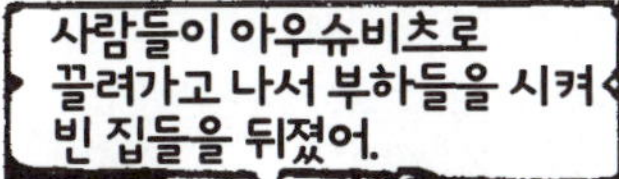

페사크가 찾아낸 밀가루 중 일부는 사실은 밀가루가 아니었지.
가루비누였을 뿐인데 실수로 집어넣은 거야.

전쟁 전에 페사크는 자코파네에 관광호텔을 가지고 있었는데…
그 당시에도 늘 계략을 꾸몄지.
호텔에 드는 손님들은 모두 폴란드 정부에 많은 세금을 내야 했는데…페사크가 뇌물을 받고 명부에 올리질 않은 거야. 그러니 검열관이 찾아오면 손님들이 다 숨어야 했지.
한 번은 페사크의 아내가 후식을 준비했는데 모두에게 돌아가기엔 부족했다. 페사크가 식당에 뛰어 들어 오더니 "검열관이 와요"라고 소리쳤어.
물론 검열관은 없었지. 하지만 손님의 40퍼센트는 그 방에서 달아나 버렸지… 그 다음날까지도 후식이 남았지 뭐냐!
가자.
다시 걸어도 되시겠어요?
그래, 앉아 있기엔 너무 더럽구나! 하지만 정말 내 약이 아니었더라면 끔찍할 뻔 했어.
밀로치 슈피겔만은 처와 애와 같이 전쟁에서 살아남고 호주로 이주했단다. 5년 전인가 심한 심장 마비를 일으켰지…
작년에도 길을 가다 발작을 일으켰대. 지금 나처럼 말야…한데…그는 약을 가지고 있지 않았어. 그의 처가 약국을 찾아 뛰어갔지만 돌아왔을 땐 죽어 있었지.
좀 그렇지?
인생이 그런 거야. 은행이 가까워 오니 스로둘라 얘길 빨리 끝내야겠구나.
SALE

1943년 말에는 매주 트럭이 왔지. 점점 더 많은 사람들이 아우슈비츠로 끌려가서 이젠 극소수만 남게 되었다.

롤렉은 늘 약간 정신이 나간 듯했지.

아냐는 이제 완전히 히스테리칼해졌어.

게토는 밀로치가 얘기한 대로 끝장이 났단다. 우리 중 열둘 정도가 그와 그 처, 세 살 먹은 갓난아이와 함께 벙커로 도망쳤지.

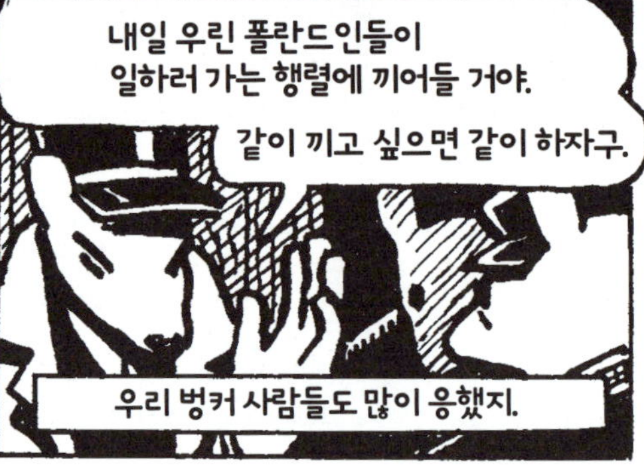

다음날 아주 일찍 사람들이 걸어 나갔단다.

난 몰래 모퉁이에서 기다렸다. 총소리가 들렸어. 무슨 일인지 가보지도 않았단다…

이젠 단 몇 명만이 남았지.

지난 이틀간 경비초소에 불이 켜 있지 않았어…
안전할 듯해.

날이 밝기 좀 전에 우린 스로둘라를 나왔다.
다 가버렸군요!
휴우
게토가 텅 비었어!
유태인
우린 미리 좋은 옷과 신분증을 준비했어.

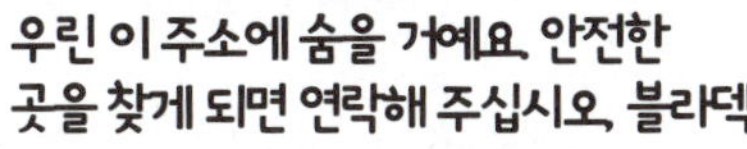

우린 일하러 가는 폴란드인들 사이에 끼었어.

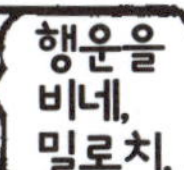

우린 이 주소에 숨을 거예요. 안전한 곳을 찾게 되면 연락해 주십시오, 블라덱.
행운을 비네, 밀로치.
우린 모두 각기 다른 방향으로 흩어졌지.

아브라함과 그의 여자 친구는 자신들을 숨겨 줄 친구가 있었어.
그 친구가 그들을 숨겨줬지…
아브라함의 돈이 떨어질 때까지 말이야.
그러고 나선 밀고당했지.

아냐와 난 갈 곳이 없었어.
우린 소스노비에츠 방향으로 걸어갔지.
그런데 어디로 가야하지?!

아무 데도 숨을 곳이 없었단다.
뭘 도와드릴까요, 슈피겔만 씨?

아, 얘가 제 아들 아티입니다. 제 아들도 제 금고를 이용할 수 있도록 열쇠를 하나 갖고 있게끔 서명하고 싶은데요.

만일에 내게 안 좋은 일이 생기면 바로 여기로 달려와야 하잖니? 그래서 네게 열쇠를 마련해준 거란다.

금고에서 전부 다 꺼내가거라. 그러지 않으면 모두 세금으로 들어가거나 아니면 말라가 가로채려 할 거야.
그만하세요, 아버지.

아버지가 재산 이야기를 하시면 마음이 편치 않아요.
이제 너도 나이가 들었으니 이런 걸 생각해야 돼.

할 수 있을 때 예금을 가지고 즐기시지 그러세요.
내 책상에다 네 열쇠를 하나 복사해 두겠다. 분명 잃어버리고 말 테니까!

이거 봐라, 이게 뭔 줄 아니? 이 담뱃갑하고 여자 분갑 말이야. 14K 금이란다.
아, 예.
ANK

이것들을 스로둘라의 샹들리에 벙커에 있을 당시 가지고 있었지.
정말요? 어떻게 지금까지 간직하고 계시죠?
BAN

게슈타포가 우릴 발견했을 때 몇 가지 물건을 재빨리 굴뚝에다 떨어뜨렸다. 나머지 보석을 찾아내더라도 최소한 이것들은 남아 있게 말이다.

1945년에 내가 수용소에서 나왔을 때 스로둘라에 몰래 찾아 들어갔지. 그래서 사람들이 자고 있는 밤중에 굴뚝 밑바닥에서 이것들을 파냈단다.
맙소사!
BAN

이 다이아몬드 보이지?
우리가 처음 미국에 왔을 때
내가 아냐에게 준 거야.

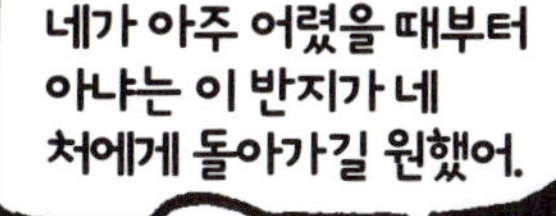

네가 아주 어렸을 때부터
아냐는 이 반지가 네
처에게 돌아가길 원했어.

하지만, 내가 이걸 네게 주면
말라가 나를 **미치게** 할 거야.
말라는 전부 자기만 가지려
하거든.

그 여잔 이스라엘에 있는 내 동생에게도 아무것
도 주지 않았으면 하지. 너에게도 그렇고.
벌써 세 번이나 내 유언을 바꿔 쓰게 했거든.

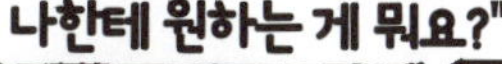
아니,
말라는 안
그래요.

넌 알 수 없어! 지난번 심장마비
직후에도 아직 침대에 누워 있는데
또 다시 유언을 바꾸자고 성화였으니까!

그래서 내가 말했지. "말라, 내가 지금 아프다
는 걸 알잖소. 잠시 평안하게 있게 해줘요.
나한테 원하는 게 뭐요?"

그러자 소리를 지르는 거야. "돈을 원한다구요!
돈이요 돈!"

왜지, 아티? 왜
내가 재혼을 했지?

오, 아냐!
아냐! 아냐!
진정하세요, 아버지…
이젠 집에 가시죠

여 섯 · 쥐 덫

또 한 번 방문했다…

아무도 안 계세요?
문이 닫혀 있지
않아서 그냥…

어? 말라?
울고 계셨어요?
아니, 훌쩍.
모르겠어.
정말이지
어떻게 해야
할지 모르겠어!

이번엔
뭐죠?
자네 아버지 말이야!
날 마치 하녀나 간호사처럼,
아니 더 심하게 다룬다니까!

그래도 하녀는 쉬는 날도
있고 월급도 받잖아!

이 양반은 내게 한 달에 고작 50달러
준다구. 스타킹 하나 사려 해도
내 저축한 돈을 써야 한다니까!
예, 예…아버진
전혀 변하지
않으셨네요.

제가 학용품이나 새 옷이 필요할 때마다
어머니가 몇 주씩 애원하고 떠들어야
겨우 약간 내놓으셨다니까요!

내가 좀 따질라치면 심장마비라도
일으킬 듯이 신음하시는 거야.
진짠지 가짠지 알 수가 없으니
그만둘 수밖에!

꼭 감옥생활
하는 것 같아!
곧 폭발하고
말 것 같애!

주스를 좀 가져오려는데 드실래요?
아니. 내 얘기 좀 들어 봐. 우리가 처음 결혼했을 때 내가 옷이 필요했거든…

자네 어머니가 죽고 1년 반이 지나서였지. 날 아냐의 벽장으로 데리고 가더니, "이게 다 당신 거야!" 하지 않겠니?
난 아냐의 물건은 손대지 않겠다고 했지!

…맙소사, 저런 사람이 어떻게 살아올 수 있었는지! 정말이지 때론 내가 아냐와 같은 사이즈라 나와 결혼했다는 생각이 든다구.
아버진 늘, 그러니까 실용적이죠.

실용적이라구? 천만에, 노랭이야! 10센트만 손에서 나가도 몸이 아프신 분이라구!
아, 예.

전 전쟁 때문에 아버지가 그리 되셨다고 생각했죠…
흥! 나도 수용소를 겪었다구…

우리 친구들 전부가 수용소를 겪었지만 누구도 아버지 같지는 않아!
으음.

…그게 제가 아버지에 대해 쓰고 있는 책과 관련해 걱정하는 거예요…

어떻게 보면 아버진 늙은 구두쇠 유태인으로 인종차별주의자의 모습이기도 해요.
해! 그 말 한번 잘했다!

제 말은 단지 아버질 *있는 그대로* 그리고 싶다는 거죠!…
그 양반은 *스스로를* 위해서도 돈을 쓰지 않아.

은행에 수십만 달러를 갖고 있지만 거지같이 살고 있잖아!…

이것 좀 봐! 냅킨과 티슈를 사지 않으려고 화장실에서 휴지를 뜯어 왔잖아!

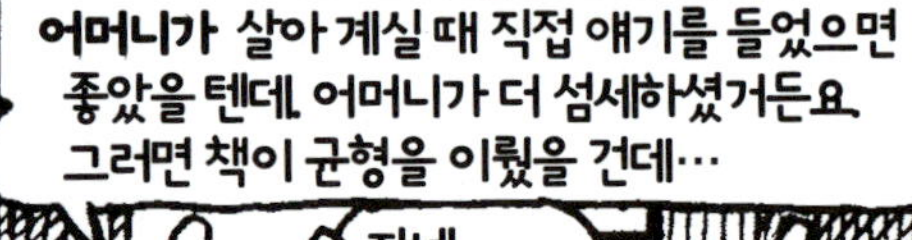

어머니가 살아 계실 때 직접 얘기를 들었으면 좋았을 텐데. 어머니가 더 섬세하셨거든요. 그러면 책이 균형을 이뤘을 건데…
자네 어머닌!…

…어떻게 그런 양반하고 참고 살았는지 알 수가 없어.

…내가 어떻게 참고 사는지도 모르겠으니까!
오, 왔구나!…

네가 이층에 있는지 몰랐구나. 아래에서 화단에 물 주고 있었거든.
말라와 전 제 책 얘기를 하고 있었어요…

이미 부분적으로 스케치를 시작했거든요. 보여 드리죠…

…보세요. 이건 소스노비에츠에서 교수형 당한 암거래 유태인들이구요…
아!

그리고 여기예요. 아버지가 "아, 지금도 그들을 생각하면 눈물이 나!"라고 말하고 계시죠.
그래, 지금도 눈물이 나!

중요한 책이에요. 보통 이런 얘길 읽지 않는 사람들도 관심을 가질 거예요.
그래, 나도 전혀 만화 같은 건 믿지 않지만 그런 나조차 흥미를 느꼈으니까.

물론, 관심이 있겠죠. 당신 이야기니까!
그래, 난 이미 가슴으로 아는 얘기지만 그래도 관심 있다구!

아주 큰 성공을 거둘 거야 …
맞아, 넌 언젠가 유명해질 거야. 마치… 그 누구 같이 말야.

예? 누구같이 유명해진다구요?
있잖아, …거물 만화가 말이야…

아버지가 아시는 만화가가 누가 있을까요?…월트 디즈니?
그래! 월트 디즈니!

잠깐! 너 어디 가니, 아티?
…연필 가지러요… 잊어버리기 전에 이 대화를 적어 놔야겠어요!

자, 함께 정원에 나가 보자… 관목들이 말이야, 얼마나 훌륭한지 좀 보라구.
전 준비할 게 있어요.
…미장원에 가기로 했거든요.
미장원에 또? 간 지 일주일밖에 안됐잖아!
저 여잔 나보다 미용사를 더 자주 본다구!
어떤가 봤지? 잠깐 외출하려고 할 때마다 날 죄인 취급하려 한다니까! 그저 손짓만 하면 달려와야 하는 줄로 알아!
내가 뭘 그리 못할 말을 했다고 그래? 이것 보라구. 백 명의 미용사보다 정원이 신선한 공기를 더 많이 준단 말이야!
아유, 블라덱! 그만해요!
저 여자 봤지? 도대체 어떻게 해야 되니?
자자, 아버지 정원에 나가서 앉죠.
내가 한 마디만 하면 당장 따지고 든다니까!
나에게서 떠나고 싶대! 내가 그랬지. "그래? 문은 여기 있어. 하지만 기억하라구. 이 문은 일방통행 용이야…한번 나가면 돌아오지 못해!"

아무래도 두 분, 결혼 생활 상담가를 찾아가봐야겠네요.
아, 낯선 사람이 우리 사생활 얘기에 끼어드는 걸 바라지 않는다.
수년 전 변호사와 이야기한 적이 있지. …그때 그가 경고하기를, "블라덱, 조심해요. 이 여자가 돈 욕심이 있는 것 같아요"라고 하더라.
한 번은 말라와 내가 헬렌 고모의 도움을 얻어 새 유언에 합의를 했는데, 한 달 후에 다시 그걸 바꾸자고 하잖니?
유언장 문제라면 전문가를 찾아보지 그러세요…더 좋은 방법을 이야기해줄 것 같은데요.
말라하고는 합의해도 소용이 없어. 관심은 돈뿐이라니까!
저도 별 수 없네요… 무슨 말씀을 드려야 할지 모르겠어요.
그렇지? 나도 무슨 말을 해야 할지 모르겠다!
자, 오래 있을 수가 없거든요. 아버지와 어머니에 대해서 더 알아야겠는데…
쌀쌀하구나… 여기 담요를 가져왔지.
전 됐어요. 1944년 스로둘라를 떠난 뒤로 어떻게 되셨죠?
우리는 몰래 소스노비에츠 쪽으로 갔지…
밖은 아직 어두운데… 어디 숨어야 할지 모르겠더구나…

야니냐가 저 곳에 살아요.
리슈의 여자 가정교사가 늘 돕겠다고 했었거든.
마을 인근의 그 집을 찾아 갔지.
문 열어요, 야니냐! 빨리!
누, 누구세요?
맙소사, 슈피겔만 씨 부부 아녜요!
큰일 나요! 빨리 가세요!
쾅
무서워요, 블라덱.
우리 아버지의 옛집을 한 번 가보죠. 집사가 오랫동안 우리 가족을 알고 지냈거든요.
그럽시다. 밝기 전에 거리를 벗어나야 돼.
난 좀 안전했지. 난 근무가 없을 때 게슈타포가 입는 복장과 비슷한 외투와 장화 차림이었거든. 하지만 아냐는 차림새가 유태인이란 걸 알기가 더 쉬웠지. 몹시 걱정됐단다.
일어나 보세요, 루코프스키. 제발 좀 들여 보내줘요!!
에! 누, 누구요?
아냐! 아냐 질버베르크 아냐?
여기서 뭐 하는 거니? 위험해. 잠깐!? 문을 닫아 걸어야겠다.

마당으로 해서 뒤쪽 헛간으로 가.
음식을 좀 갖다 줄게.

아직 친절한 사람들이
남아 있다니 감사한
일이에요. 저는—

유태인
여자다!

마당에 유태인
여자가 있어!
경찰을 불러!

빨리!

늙은 마귀 같은 여자가
창가에서 아냐를 알아 본거야.

우린 헛간으로 뛰어 들어가서 지푸라기 속에 숨었지.

난 걸음을 늦췄지…
저벅 저벅
그러자 따라오는 이도 걸음을 늦췄어.

내가 빨리 걸었더니…
저벅
그 또한 빨리 걸었어.

우리 둘만이 되자 그가 입을 열었어…
암차?
그가 히브리말로 "우리 백성이에요?"하고 말하는 거야.

대답을 해, 말어?
아, 암차.
당신이 유태인일 거라고 생각했소

…나도 유태인이오!
극소수만 남았죠…

…아내와 난 일 년이 넘게 소스노비에츠에 숨어 지내고 있소

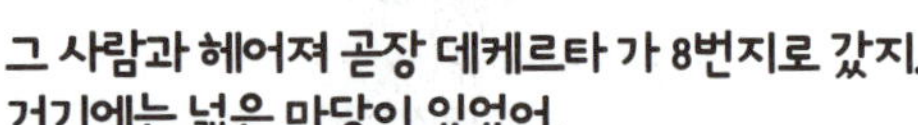

그 사람과 헤어져 곧장 데케르타 가 8번지로 갔지. 거기에는 넓은 마당이 있었어.
?
사방을 둘러봤지만 아무도 없었지.

나도 아내와 같이 있소 배고프고 숨을 곳이 필요해요
데케르타 가 8번지에 있는 암시장에 가보시오

쉿!
!
선생, 쿠폰 없이 먹을 걸 사겠소?
여자가 내게 소시지, 계란, 치즈를 내보이는 거야…꿈에서나 볼 수 있던 것들이었지.

♪
그걸 사가지고 서둘러 아내에게 돌아왔다.

이번엔 사람들이 더 많았어. 그 중에서 전쟁 전부터 알고 지냈던 유태인 청년 몇 명을 만났단다.

카프카네 농장은 그리 멀지 않았어.

그래서 우리는 카프카네
소들과 같이 지내게 되었다.

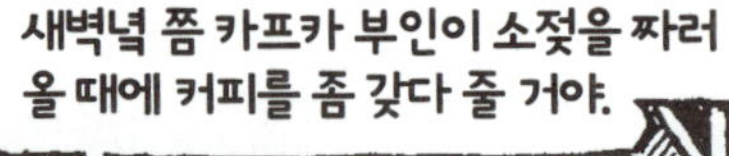

새벽녘 쯤 카프카 부인이 소젖을 짜러
올 때에 커피를 좀 갖다 줄 거야.
어디 가세요?
데케르타에.

날 또 혼자 두지마세요.
당신이 나간 동안
난 너무 무서워요.

걱정 마, 아냐. 무사할 테니.
내가 안 나가면 음식을 구할 수가 없어.
이곳도 잃게 되면 좋겠어?

겨울이 오기 전에
더 따뜻한 곳을
찾아야 해. 가급적
소스노비에츠에서
멀리 말이야…
전 괜찮을 거예요.
빨리 오셔야 해요.

종종 난 전철을 타고
시내로 나갔다.
두 칸짜리였는데 하나는 독일인과 관리용이었고
둘째 칸은 폴란드인들뿐이었지.

항상 난 곧장 관리용 칸에
들어갔지.
하일 히틀러.

독일인들은 내게 주의를 기울이지 않았어… 폴란드인 칸에서는
폴란드계 유태인이 눈에 더 잘 띌 수도 있었지.

다음날 저녁, 그 여자가 일곱 살 난 아들을 데리고 카프카네 농장으로 찾아왔어…

여긴 좀 더 편했어…앉을 데도 있었고.

얘야 명심해라. 여기 유태인이 있다고 *아무에게도* 이야기하면 안 돼, 우리를 쏴 죽일 거야!
예, 아냐 아줌마.
그 애는 대단히 똑똑했고 아냐를 매우 잘 따랐단다.

머무는 대가로 모토노바 부인에게 **돈을** 줬겠죠, 네?
물론, 줬지 그것도 *아주 많이* 줬지.
…무슨 생각하는 게냐? 대가를 바라지 않고 목숨을 거는 사람도 있니?

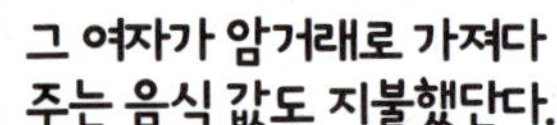

그 여자가 암거래로 가져다 주는 음식 값도 지불했단다.
몇 번인가 빵값 약간을 잊고 안 줬는데…

나머진 내일 나가서 돈을 갖고 와서 드릴게요.
미안해요… 오늘은 빵을 구할 수가 없었어요.
늘 빵을 구해왔기 때문에 믿지 않았지…그렇지만 여전히 좋은 여자였어.

학교에 다니는 아들이 독일어를 아주 못했어. 그래서 아냐가 공부를 도와주었다.
ICH BIN…
DU BIST…
ER IST…
아냐의 독일어는 전문가 수준이었어.

그러자 그 애는 곧 아주 좋은 점수를 받게 됐지.
선생님이 어떻게 그렇게 잘하게 됐냐고 물으셨어요…

그래서 **어머니가** 도와주신다고 했죠.
휴—
그 앤 정말 똑똑한 아이였어.

하지만 여기도 몇 가지 안 좋은 게 있었지.
조그만 집이었고 지상 1층이어서…

그래도 모든 게 좋았는데
어느 토요일인가 암시장에 갔던 모토노바 부인이
예정보다 훨씬 빨리 돌아왔어.

그런데 우리가 모퉁이를 돌자 그들도 모퉁이를 도는 거야.

물론 내가 옳았단다. 우리하곤 **아무 상관없는** 사람들이었지.

그곳엔 기초 공사를 하느라 땅이 깊이 파여 있었어…

날이 밝기 시작했지…
나와요. 거리에서 사람들과 섞이면 눈에 띄지 않을 거야.

너무 좁고 춥군요…
이젠 쉴 수 있어.
우린 드디어 소와 함께 지내던 그곳으로 돌아와 안으로 들어갔지.

나중에 카프카 부인이 들어왔단다.
누가 있죠?
슈피겔만 부부예요. 달리 갈 곳이 없었어요

좋아요…여기 머무를 수는 있어요. 그러나 명심하세요. 당신들이 여기 있는 걸 난 모릅니다.

슈피겔만 부인, 세상에! 떨고 있군요!
한 시간 정도 집안에 들어와 몸을 덥히세요.

카프카 부인이 아냐를 집안으로 데려가고 내게는 약간의 음식을 갖다 줬지…그 당시 난 아주 건강해서 눈밭에 밤새 앉아 있을 수도 있었다.
모든 것이 이렇게 안 좋을 수가 없어요. 어떻게 해서든 폴란드를 빠져나가야겠어요
사실은 당신들을 받아들이기 전에 한 젊은 사람과 아이를 데리고 있었죠

내가 아는 두 사람이 그들을 헝가리로 빼돌렸죠. 두 사람 다 그곳에 잘 있다고 들었어요
헝가리요!? 정말입니까? 그 브로커들을 만나 보고 싶군요.

그리고 난 다음날 음식을 구하려고 데케르타 가로 나갔단다…

우리가 돌아온 지 얼마 안돼서…
제 남편이 열흘 동안 휴가로 돌아온다는 편지가 왔어요
남편이 알면 우릴 다 내쫓을 거예요. 하지만 걱정 말아요…지하실은 안심할 수 있거든요.
…매트리스를 깔아놨어요… 여건이 되면 내려올게요.
그래서 우린 밤낮으로 지하 창고에 앉아 있어야 했다.
그날은 숨 쉬기도 두려웠다~ 창고로 사람들이 자주 내려왔거든.
밤이 되어서야 겨우 조금씩 움직일 수 있었단다. 하지만 거긴 또 다른 게 있었어.
아아악!
뭐, 뭐야?
여, 여기 쥐가 있어요!
쉬잇~ 조용해. 소리 지르지마.
저건 들쥐가 아냐. 아주 작다구. 한 마리가 내 손등 위로도 지나갔는걸. 그저 집쥐일 뿐이야!
물론 들쥐였단다. 아냐를 안심시키고 싶었지.

그런데 모토노바가 내려오지 않는 것이었어.

마지막으로 음식을 가져 온 지 사흘 됐어요.
여기 캔디 하나 더 있어.
나에겐 아직 데카르타에서 마련한 캔디가 남아 있었어. 오직 그걸로 먹고 지내야 했지.

게다가 이곳에는 씻을 곳도 없었다.
아냐는 피부가 간지러워 미칠 지경이었지.

배고픔과 가려움 중 어느 게 더 무서운지 모르겠어요.
긁지 말아요! 긁으면- 쉬!
찰칵!
문소리야.

그 동안 못 내려와서 미안해요. 남편이 수상하게 생각해서요.

지하실을 왜 그리 자주 가냐고 하더라니까요. 유태인을 숨기고 있는 것 아니냐고 까지 했어요! 농담이었지만 아직도…

여긴 지낼 만 한가요?
쥐가 있어요, 큰 쥐가 말예요! 끔찍해요!

게슈타포보단 쥐와 지내는 게 낫겠죠. 최소한 쥐는 죽이진 않잖아요!
으음.
그 여자 말이 맞았지. 우린 이런 여건이나마 행운이었으니까.

열흘 후 그녀의 남편이 떠났고 우린 다시 안으로 들어갔다.

"집"에 오니 좋죠, 네? 블라덱?
그 지하실보단 백 번 낫지.
하지만, 난 여기가 안심되지 않았어. 누군가가 우릴 발견할 가능성이 너무 컸으니까. 난 차라리 헝가리로 가기를 바랐다.

그래서 목요일이 되자 난 소스노비에츠의 카프카 부인을 만나
보려고 전차 타는 방향으로 나가 봤어.

아이들이 노는 데를 지나가게 되었는데.

애들이 소리를 지르며 집으로 뛰어갔어.

난 그들에게 다가갔다…

이렇게 해서 무사히 빠져 나왔지…

내가 카프카네 집에 도착했을때 그 두 명의 브로커들은
부엌에 함께 앉아 있었단다…

아냐와 나는 항상 그이의 가게에서 과자를 샀단다.
그 사람은 소스노비에츠에서 아주 부자였어.

게토 시절에 아브라함은 유태인 위원회의
주요 구성원이기도 했지.

그 브로커들은 우리에게 그들의 계획을 이야기했단다.

우린 그 폴란드인들이 알아듣지 못하도록
이디시어로 이야기했어.

나는 거기서 만델바움과 다시 만나 좋은 소식이 오면
우리도 가기로 결정했지.

밀로치는 스로둘라에서 내게 도움을 주었다.
이제 그가 원한다면 내가 도움을 줄 차례였다.

밀로치 집의 집사였던 여자가
그때 그 가족을 숨겨 주고 있었지.
그렇지만, 세상에, 그는 말도
못하게 끔찍하게 살고 있었어!

전차를 타고 그 여집사의 집을
찾아갔단다.
안녕하세요. 난
밀로치의 사촌인
블라덱인데요.
알아요. 댁이
오실 거라고
말했거든요.

지금 위에 다른 사람들이
있어요. 그들이 갈 때까진
밀로치 씨를 뵐 수 없어요.

여러분 이 사람은 내
사촌 블라덱이랍니다.
안녕하시오, 사촌 양반.
한잔 하시오.
우리는 함께 이야기했고, 그들은
내가 그녀의 사촌이라고 믿었다.

보드카가 다 떨어져 가는군.
마인카, 좀 더 가져오시오.
남은 게
없는데요.

헤! 이 여자
가 보드카를
숨기고 있군!
마당에 유태인
들을 숨겨주듯이
말이지!

집사와 난 피가 얼어붙는 것 같았단다…
당장 보드카를 더 가져오지 않으면 당신이 숨겨주고
있는 유태인들을 게슈타포에 일러바치겠어!
자, 진정들
하세요.

여기 돈이 좀 있는데, 마인카,
아래층에 가서 한 병 더 사오세요.
잘한다,
좋소.
15분 후 그녀는 술 한 병을 더
사왔고 그들은 기분이 좋아졌어.

봤소? 당신 사촌은 손님을
제대로 대접하는구먼.
자, 건배!
우리는 마시고 또 마셨다~ 자정이
다 되어서야 그들은 돌아갔어.

이 구덩이 안에 좁은 공간을 따로 떼어 놨단다-대략 가로 1.5미터에 세로 1.8미터 크기였어.

그러나 아냐는 계속 가지 않기를 바랐어…

그러나 아냐와 나에게는 **또 다른** 운명이 기다리고 있었다…

우리 모두는 이렇게 이 여행을 시작했는데…

한 시간도 지나지 않아 비엘스코―비알라에 도착했다.
이곳에 내 공장이 있었지. 그리고 여기서 그 브로커들이 없어졌어.

큰 혼란이 생겼지…사방에서 게슈타포가 몰려들었어.

유태인들!

여기 있다!

그들이 카토비체에서 전화한 곳이 게슈타포였어.

그들은 우리를 앞세우고 비엘스코 시를 지나갔다.
우리는 전에 내 소유였던 공장 앞을 지나쳤지…

먹을 것을 사곤 하던 시장도 지나쳤고 우리가 살았던 거리도 지나 갔다. 그리고 그렇게 감옥까지 갔고 그들은 거기에 우릴 처넣었지.

난 작은 여행 가방을 가지고 있었는데 그들이 날 감방에 넣을 때 모두 샅샅이 뒤지더구나.

그는 숟가락으로 구두약을 모두 떠냈지. 조금씩, 조금씩.

감옥에서는 정말 먹을 것이 없었어─하루에 한번 수프나 주었고─그리고 아무 일도 안하고 그냥 앉아 있었지.

얼마 지나지 않아 또 소포가 왔더라구…

계란도 있고…초콜릿까지도 있었단다… 그런 물건도 다 얻고, 난 참 재수가 좋았어!

며칠 후 트럭이 왔다. 그들은 우리를 아마 100명도 더 밀어 넣었을 거야.
나는 다시 한 번 아냐를 보게 되었지.
여보, 여기 선물 하나 가져왔어.
계란?! 케이크??? 아니! 어떻게?…
아녜요… 난 괜찮아요… 배고프지 않아요.
나중을 위해 절반이라도 가져가요.
편지를 써주고 받은 물건들이 아직 남아 있었거든.
우린 오시비엥침이라는 마을에 다다랐지. 전쟁 전에 난 여기서 옷감을 팔았었지…
그리고 마침내 아우슈비츠 수용소에 도착했어. 그리고 우린 여기서 다시는 빠져 나갈 수 없으리라는 것을 알았지.
우리는 이곳의 이야기를 알고 있었어 - 그들이 우리를 독가스로 죽이고 화로 가마에 처넣을 거라는 걸. 이때가 1944년이었단다.

오!
그래, 그랬단다…

…그리고 트럭 문을 열고는 남자들은 한 쪽으로, 여자들은 다른 쪽으로 밀어 세웠지…

아냐와 나는 서로 다른 쪽으로 갔고 이젠 다시 살아서 만날 수 있을지 알 수가 없었단다.

이 대목에서 어머니 일기가 정말 필요할 것 같은데…그걸 보면 두 분이 떨어져 있을 때 어머니가 어떻게 지냈는지를 알 수 있을 텐데요.
난 알지… 나와 똑같은 경험을 했단다. 아주 끔찍한!

쌀쌀해지는데요. 이층에 올라가서 어머니 일기를 찾아 보죠…
아니다… 난 벌써 찾아 봤어.
더 이상 찾을 수가 없구나!
그럼… 창고를 찾아보죠. 거기에 잡동사니가 많던데요.

아냐, 찾지 못할 거야. 무슨 일이 있었냐면…

그 노트들과 네 어머니의 다른 좋은 물건들을 …어느 날 내가 아주 힘든 날이었는데… 그래서 그것들을 다 없애 버렸어.
뭐, 뭐, 뭐라고요?

아냐가 죽고 나서 모든 걸 정리해야 했다…그 노트들은 너무 많은 기억들을 간직하고 있었어. 그래서 다 태워버렸다.
다 태워버렸다고요?
빌어먹을! 쓸데없는 온갖 잡동사니는 가득 모셔두고 그걸…
그래 창피한 일이지! 수년 동안 거기에 놓여 있었는데 누가 들여다보지도 않았으니.
한 번이라도 읽어 보셨어요?…어머니가 쓰신 내용을 기억하시냐구요?
아니다, 그냥 들여다보기만 해서 기억나지는 않아… 네 어머니가 "내 아들이 자라 이것에 관심을 가졌으면 좋겠어요."라고 적은 것만 생각나는구나!!
이 빌어먹을 양반! 이, 이 살인자! 도대체 어떻게 그런 짓을 할 수가 있어?!!
아아
아비에게 이렇게 악을 써도 되는 거냐? 친구에게도 이런 행동은 못할 거다!
그렇지만, 다시 말하지만 네 엄마가 그렇게 되고 그때 난 너무 낙심했단다. 무슨 일을 하는지 제정신이 아니었어!
미안해요. 아버지, 늦었어요. 가봐야겠어요…
잠깐 이층에서 커피 좀 마시자꾸나.
아녜요… 지금 당장 가 봐야 해요…
그럼… 내게 전화해라. 좀 더 자주 오거라 — 남남이 아니잖니!
예, 그러죠! 안녕히 계세요.
…살인자.

2부
여기서 나의 고난은 시작됐다

"미키 마우스는 지금까지 세상에 나온 것들 중에서 가장 저열한 모델이다. …
독립심 강하며 명예를 아는, 건전한 정서를 지닌 젊은이라면
동물 세계 최대의 보균자인 이 더럽고 오물로 뒤덮인 동물이
동물의 이상형이 될 수 없음을 깨달을 것이다. …
인류에 대한 유태인의 야만 행위를 타도하자!
미키 마우스를 타도하자! 철십자를 가슴에 꽂아라!"

-1930년대 중반, 독일 〈포메라니아〉지의 신문기사

리슈와 나디야,

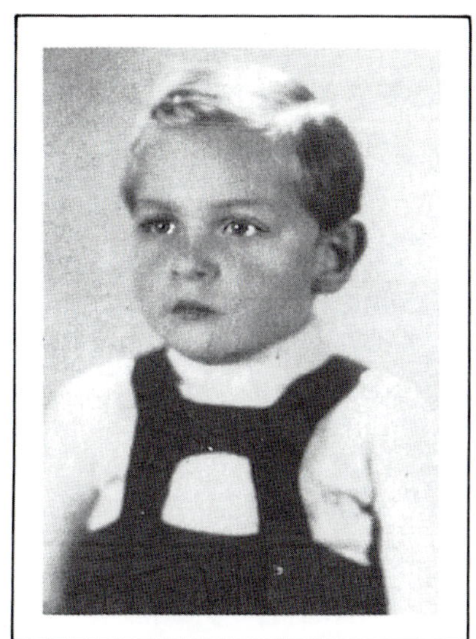

다셸을 기리며

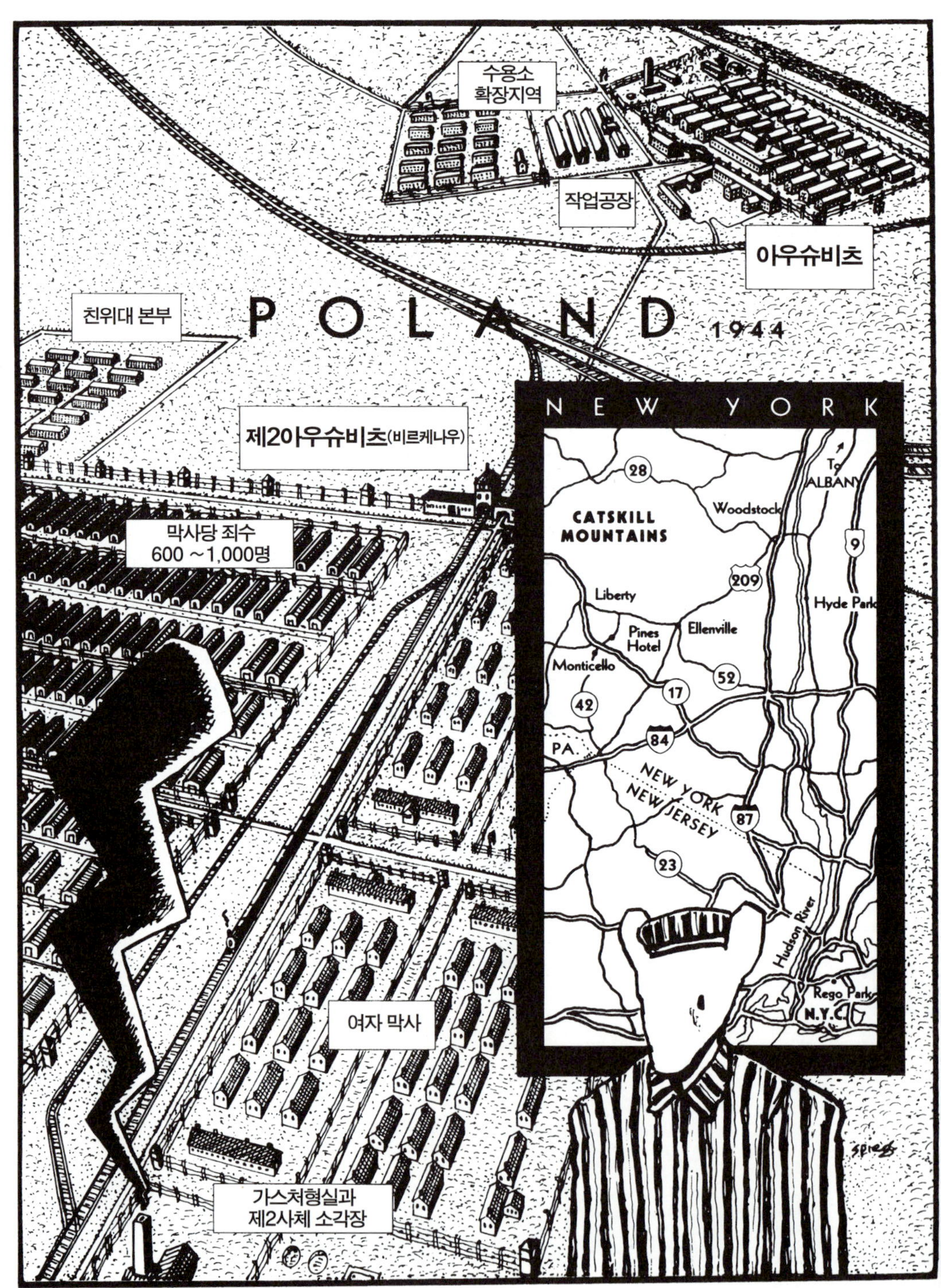

수용소
확장지역
작업공장
아우슈비츠
친위대 본부
P O L A N D 1944
제2아우슈비츠(비르케나우)
막사당 죄수
600 ~ 1,000명
여자 막사
가스처형실과
제2사체 소각장
NEW YORK
CATSKILL
MOUNTAINS
28
To
ALBANY
Woodstock
9
209
Liberty
Hyde Park
Pines
Hotel
Ellenville
Monticello
52
17
42
84
PA
NEW YORK
NEW JERSEY
87
23
Hudson River
Rego Park
N.Y.C.
spieg

여기서 나의 고난은 시작됐다
(마우슈비츠에서 캣츠킬즈와 그 이후까지)

차례

하나 · 마우슈비츠

여름 휴가. 프랑소와즈와 난 친구들과 함께 버몬트에 머물고 있었다.
지금 뭐 하는 거예요?
당신을 어떻게 그릴지 궁리하고 있어…
포즈를 취할까요?
책 이야기야. 당신을 어떤 동물로 하는 게 좋을까?
네? 물론 쥐죠!
하지만 당신은 프랑스 사람 아냐!
그러면 바니 토끼, 어때요?
아니야. 너무 귀엽고 부드러워.
흐음.
일반적인 프랑스 사람들 말이야. 전반적으로 반유태주의 시대였잖아.
또 드레퓌스 사건은 프랑스 거잖아? 나치 협력자들도 있었고!
좋아요! 그렇지만 당신이 쥐니까 나도 쥐가 되야겠죠. 난 개종했잖아요, 안 그래요?

175

생각났어!…
장면 1 : 아버지가 자전거를 타고 계신다…

내가 아버지께 개구리와 막 결혼했다고 말한다…

장면 2 : 아버지가 충격으로 자전거에서 떨어지신다.

그래서 당신과 내가 랍비 쥐에게 찾아간다. 그가 주문을 외운다. 얍! …

이야기 끝에 가서 개구리가 아름다운 쥐로 둔갑해 있다!
흐음

난 사실 아버님을 기쁘게 해드리려고 개종했는데.
그래. 하지만 어떤 것도 아버질 기쁘게 하진 못해

산드라 말이지?

그러니까 당신은, 그 누구죠? 그 여자와 결혼해야 했었어요. 우리가 처음 만났을 때 당신이 사귀고 있던 여자 말예요…
그래요. 그러면 그냥 쥐로 그려도 되고 문제가 없는 거죠.
이봐. 난 그저 뉴욕 중산층 유태인 여자들에 대한 내 편견을 극복하기 위해 산드라와 사귄 거라구.

그 사람들과 에로틱해지기엔 우리 친척들이 너무 많이 생각나거든, 그래서…
아트!
프랑소와즈!!

빨리 와요! 당신 아버지가 막 전화하셨는데, 심장마비를 일으키셨대요!
뭐예요?
아, 이런!

이번호로 전화 하랬어요.
지난주에 뵈었는데… 여기 오는 길에 캣츠킬즈의 그 분들 방갈로에 들렀거든요… 좋아 보이셨는데…

아, 아버지… 어떠세요? 그런데 왜 병원에 안 가셨어요?
예?

하지만 - 안 가셨다구요? 아니라구요?! 그런데 왜 - ? 말라가요?

그런데 언제? 뭐라구요??? 안 들려요. 크게 말씀하세요. 아니에요… 울지 마세요…

맙소사. 그런 것 같아요… 오늘 밤요?? 글쎄요… 음… 좋습니다… 좋아요. 가서 이야기하죠…

마음을 편히 하세요… 좋아요 … 괜찮으시겠어요? 예, 저도… 음, 사랑합니다… 곧 뵐게요… 안녕히 계세요…

휴
뭐예요? 무슨 일이죠?
아버님은 괜찮으세요?

심장마비는 있지도 않았대… 내가 전화를 걸도록 하시려고 그런 거야!
농담이죠! 어떻게 그럴 수가 있어요!

말라가 떠났대. 은행 계좌에서 돈을 꺼내서 차를 몰고 가버렸다는 거야.
방갈로에 와서 잠시 같이 지내자는군.
아, 우리가 가봐야 하겠네요
그래야 되겠어.

어떡하나. 이제 막 왔는데…
다시 올 거네.
짐을 많이 가져가지 않으니 오래 머무르지 않을 핑계가 있는 거죠.

아버지의 전화목소리가 거의 히스테리 상태였어.
가엾은 분이에요… 정말 안 되셨어요.

그래. 동감이야… 아버지하고 같이 있지 않을 때는 말야. 하지만 같이 있으면 내가 미칠 것 같다니까!
음

그러니까 나 자신이 아버지와의 관계에 대해 아무 의미도 찾지 못하고 있으면서… 어떻게 아우슈비츠의 의미를 찾을 수가 있지? … 대학살에 대해서도 말야…

또 우울해져요?
내 책 생각을 하고 있어… 내가 너무 주제넘은 게 아닌가 싶어.

휴우

어렸을 때 말야, 내 부모 중 한 분밖에 구할 수 없다면 누구를 나치의 화로에 들어가시게 할까 고민하곤 했지…

대개는 어머니를 구해 드리곤 했다구, 이게 정상인 것 같애?
정상인 사람은 없어요

리슈 형이 살아 있다면 나하고 잘 지냈을지 궁금해.
당신 형 말이죠?

내 *유령* 형이지, 내가 태어나기 전에 죽었으니까. 겨우 대여섯 살이었지.

전쟁이 끝나고 부모님은 불확실한 소문을 쫓아서는 유럽 전역의 고아원을 다 뒤졌지. 형이 죽었다는 걸 믿지 않았거든.

난 자랄 때는 형 생각을 많이 하지 않았어… 그저 부모님 침실에 걸린 흐릿해진 커다란 사진이었지.

어머. 난 그게 *당신* 사진인 줄로 알았는데, 안 닮았지만 말예요.
바로 그 이야기라구. 내 사진이 침실에 있을 필요가 없었지… 난 *살아* 있었으니까…

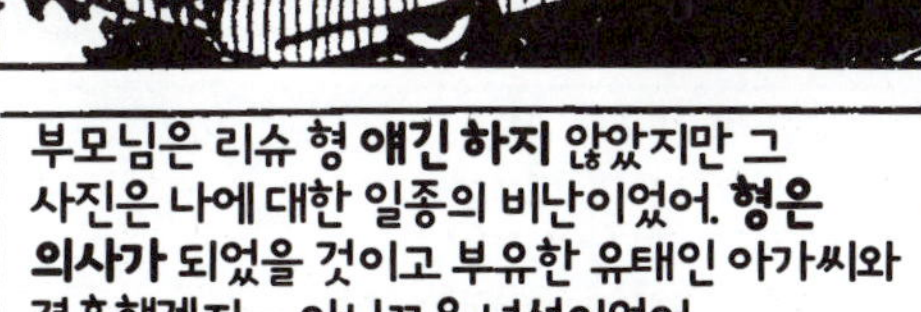

부모님에게 그 사진은 골치를 썩이지도, 문제를 일으키지도 않았지… 그 사진의 아이는 이상적인 애였고 난 골칫덩어리였지. 경쟁이 안됐지.

부모님은 리슈 형 얘긴 *하지* 않았지만 그 사진은 나에 대한 일종의 비난이었어. 형은 의사가 되었을 것이고 부유한 유태인 아가씨와 결혼했겠지… 아니꼬운 녀석이었어.

형을 내세워 아버지와 협상할 수도 있었겠지만… 젠장, 사진 속의 형과 경쟁을 벌이다니 *으시시하지!*

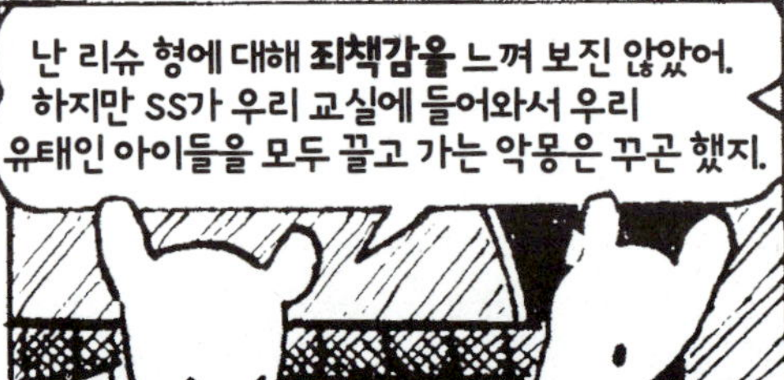

난 리슈 형에 대해 죄책감을 느껴 보진 않았어.
하지만 SS가 우리 교실에 들어와서 우리
유태인 아이들을 모두 끌고 가는 악몽은 꾸곤 했지.

오해하진 마. 이것에 사로잡힌 건
아니었으니까… 가끔 우리 샤워기에서
물 대친 치클론 B 가스가 나오는
상상을 하곤 했다 이거지.

이게 미친 생각이라는 건 아는데, 가끔은 차라리 나도 부모님과
함께 아우슈비츠를 겪었더라면 좋았겠다 싶어. 그랬다면 어떻게
살아남았는지 확실히 알겠지!
… 그 분들보다 편안한 삶을 살았다는 일종의
죄책감 같은 거겠지.

휴,
내가 꾸는 악몽보다 더 비참했던
현실을 재구성하려는 게 얼토당토
않게 여겨지는 때도 많아.

그것도 만화로 말야 내가 소화해 낼 수
없는 정도인 것 같기도 하고 어쩐지
다 잊어 버려야 할 것 같아.

내가 절대 이해할 수도 형상화할 수도 없을
정도로 엄청난 것 같아. 내 말은, 현실이
만화로 하기엔 너무 복잡하다는 거지…
너무 많은 게 누락되고 왜곡되는 거지.
그냥 솔직하게만
그려요, 여보

내 말은 말이야… 실제
삶에선 내가 이렇게 오래
이야기하도록 당신이 날
내버려 두지 않을 거라는 거지.
흐음.
담배 불 좀
붙여주세요

그래서 캣츠킬즈에 도착했는데…

열쇠를 이 위에 놓아둔다고 하셨는데.
아, 여기 있군!
코스모폴리탄
방갈로

아티냐?

하암. 그래, 얘야. 마침내 왔구나.
네가 오기만 기다렸단다.
잠도 안 오더구나.
구급용 산소통

내가 이게 무슨 꼴이니? 아티.
그 여자가 내 돈을 갖고 달아났어.
오! 나같이 아픈 사람을 혼자
남겨 두고 어떻게 그럴 수가 있니?

하지만 이제 너희들하고 같이 있게
되니까 행복하구나…

봐라! 아주 좋은 침대도 준비해 놨다.
이곳에서 여름 내내 편안하게 있을 수
있을 게다.
아니! 저흰 며칠만 있을
거예요, 아버지. 우린-

글쎄! 아침에 더
이야기하자꾸나. 지금은
너희들 집처럼 편히 쉬어라.
주무세요 아버지!

(맙소사, 우리가
여기 여름 내내
머물렀으면
하시는 거예요?)
그런 것 같아. 아버지
뜻대로 하면 함께
퀸즈로 가서 살아야
한다구. 아버진…)
제발이다!
너희 오길
기다리느라 지쳤어.
내일 얘기할 수
있잖니!

날이 이렇게 화창한데 너희는 아직 자고 있니?
예? 며, 몇 시죠?

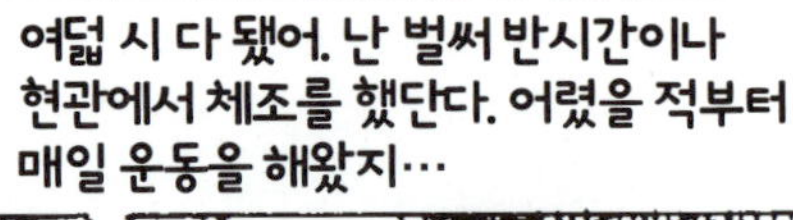

여덟 시 다 됐어. 난 벌써 반시간이나 현관에서 체조를 했단다. 어렸을 적부터 매일 운동을 해왔지…
예?

처음엔 이웃들도 나랑 같이 운동을 해보려고 했지만 따라올 수가 없었어… 지금은 지켜보기만 한단다!
커피는 있나요?

말라가 여기에 인스턴트 커피를 두었는데… 내일은 함께 운동이나 하자꾸나.
예? 저의 유일한 운동은 담배 사러 나갔다 오는 거예요! … 인스턴트커피라도 할 수 없죠.

준비하려면 서둘러야돼… 오늘 넌 내 은행 일과 세금 서류 준비하는 걸 도와줘야겠다. 말라가 엉망으로 만들어 버렸어, 상상도 못할 정도야!
?

그래, 여기 있다. 카페인 없는 커피지.
끄응.
저, 제 바지 못 보셨어요?

네 물건은 저기 옷장 안에 벌써 정돈해 놨다.
예… 버리지 않아서 고맙군요.

여보, 일어나. 안 좋은 소식이야. 여기 있는 커피는 형편없는 것뿐이야!
음? 우리 커피와 포트를 가져 왔어요. 내 가방 속을 보세요.
아니!

또 뭐죠?
아침 식사를 준비하는데, 이 소금 좀 봐라! 말라가 한 짓을 봐…

여기 소금이 아직도 반이나 있는데 멋대로 새 걸 또 뜯었지 뭐냐!

내 음식에는 소금을 전혀 넣지 않아. 난 소금이라고는 전혀 필요가 없는데 이렇게 두 통이나 뜯다니!

그러니까… 어떻게 된 거죠? 말라가 왜 떠났죠?
그 여잔 내가 평생 일해서 번 내 돈을 자기 혼자 다 갖고 싶었으니까.

레고 파크에서 의사와 만난 다음에 채권을 갱신할 게 있어서 은행에 갔단다.

하나는 말라 명의로, 또 하나는 이스라엘의 내 동생 것으로, 다른 하나는 네 이름으로 하려고 했지.

하지만 그 여자는 너나 피네크 앞으로 하는 걸 좋아하지 않았어. 미친 사람처럼 소리를 지르더구나!

은행에 나 혼자 남겨두고 차를 몰고 가 버리는 거야. 내가 걸어서 집에 와 보니 벌써 사라졌더구나.
변호사는 내가 단호한 조치를 취해야 한다고 충고했어. 그 여자가 내 보석과 차와 또 우리 공동계좌의 현금까지 훔쳐 갔으니 고소할 수 있다는 거야!
아. 저런…

183

말라는 지금 어딨죠?
차를 몰고 플로리다에 갔단다. 거기에다 콘도를 사려고 했거든. 그걸 팔아서 계약금을 챙기겠다는 거야.

하지만 그렇게는 못하지. 내 서명이- 아티! 너 뭐하는 거니?!!
예? 담뱃불 붙이는 데요…

담배는 피우지 않는 게 좋아. 네 몸에 아주 나빠. 또 내게도 말이야. 난 호흡이 가빠서 가까이만 해도 좋지 않지…

하지만 꼭 피우려면 내 나무 성냥은 쓰지 말아다오. 몇 개 남지도 않았는데 네가 벌써 커피 끓이느라 하나 썼잖니.

난 이걸 오븐 불붙이는 데만 쓴단다. 이 나무 성냥은 돈 주고 사야 해! 종이 성냥은 하인즈 호텔 로비에서 공짜로 얻을 수 있지만.

맙소사! 제가 나무 성냥 한 상자 사드릴게요!
필요 없어… 우리 집 오븐은 자동이잖니. 그리고 여기는 앞으로 15 일밖에 더 안 있을 거야.

난 아직 50개비나 남아 있거든. 앞으로 써봐야 얼마나 쓰겠니?
정말 구두쇠군요! 더 이상 안 쓰겠어요! 바람이나 쐬러 나갈래요!

아티는 늘상 신경질이구나, 꼭 제 엄마 같지. 아냐도 신경질적이었어.
어휴!
쯧쯧

아티 맞죠? 난 카프부인이에요. 옆집에 살죠.
아. 아버지께 말씀 들었습니다. 말라가 떠난 뒤로 아버질 보살펴 주신다고요.

그렇게 말하던가요? 글쎄… 며칠 전에 남편이 여기까지 차로 모셔다드린 적이 있죠. 말라가 차를 가지고 가버려서 말이에요. 잠깐 우리 집에 가죠!
예? 안 되는데! 전…

이봐요, 여보, 여기 좀 보세요. 블라덱의 아들 아티라고요!
그래! 아버지와 함께 살려고 모셔 가려고 왔군요.

예? 아녜요. 우린 단지 아버지가 몸을 가누실 수 있게 며칠 동안만 도와드릴 겁니다. 아버진 노동절까지 여기 계실 거구요.
뭐라구? 혼자 말이요? 어떻게 혼자서?

아버진 잘 지내실 수 있을 거예요. 선생님께서 시내 나갈 때 좀 태워 주시고 가끔 들여다 봐 주시면 고맙죠…
뭐 가끔은요 하지만 아프시고 연로하신데 완전히 혼자 있을 수는 없잖아요.

그리고 여름 지나서는요? 그땐 당신 집으로 가시나요? 아니면?
아니요! 어떻게 하실지는 모르겠어요. 아마 간호사 같은 게 필요하시겠죠.

간호사라, 돈이 드는데. 당신 아버지가 그리 쉽게 돈을 쓸 것 같소?
불쌍한 말라. 한 번은 같이 슈퍼마켓을 갔는데.

당신 아버지가 말라 개인용품 값을 내지 않으려고 해서 계산서에서 머리빗을 지워야 했다구요. 부부가 어쩜 그렇게 살 수가 있죠?
아트? 당신 어디 있죠?

제 아내가 날 부르는군요…
당신 아내도 유태인이요?

(쉿, 여보!) 들어와서 레모네이드 좀 들자고 그래요.
다음에 마시죠. 지금은 가보는 게 좋겠어요…

휴!
당신 거기 있었어요?

어디 갔었어요?
아버지 친구인 카프 씨내외가 날 납치했다가 풀어주더군… 그 사람들도 아버지를 못 견뎌해.

당신 아버지하고 있으면 숨이 막혀요. 내가 손대는 모든 걸 바로 놓으신다구요. 신경을 너무 쓰세요.
아버진 쉬는 법을 몰라.

아마도 아우슈비츠가 그렇게 만들었겠죠.
하지만 여기 있는 많은 사람들이 다 생존자라구. 저 카프 부부처럼 말이야. 충격을 겪었다 해도 아버지완 다르지.

아, 그리고 아버지 성냥 문제 말인데, 당신이 생각했던 것보다 더 심각하더군요…

집세에 가스요금이 포함되어 있다면서 성냥을 아끼려고 가스를 하루 종일 켜 두신다는 거예요…

맙소사! 그게 설사 병적인 것은 아니라 하더라도 황당하군.
그래! 애들아, 재미있었니? 이젠 같이 들어와서 내 은행 서류 준비하는 걸 좀 도와주려무나.

아니, 아티. 또 덧셈을 잘못했구나.
아녜요, 보세요. 두 번이나 확인했어요. 정확하다고요!

에이, 대차대조표대로 나오지 않잖아. 전부 다 다시 해야겠다.

뭐라고요? 그러려면 두 세 시간은 더 걸릴 텐데요… 그래봐야 1달러도 안 되는 오차예요. 그냥 두죠.

넌 늘 게을러! 어떤 일이건 항상 제대로 해야 하는 법이야.
게으르다고요?! 제기랄, 아버지 때문에 미치겠어요!

잠깐요. 당신 좀 쉴래요? 내가 잘못된 곳을 찾아볼게요.
그래! 나하고 프랑소와즈만 해도 돼!

아… 저 혼자서도 할 수 있어요. 두 사람 다 나가서 산책 좀 하는 게 어때요?
퍽이나 고맙구만.

그래… 부탁인데, 서류를 뒤섞지 말아라. 다시 와서 검토해 볼 테니…

… 그리고 내 다리가 아직은 쓸 만하니까 조금만 걷자꾸나.
후유, 좋아요. 녹음기를 가져오죠. 어쨌든 오늘이 완전 적자는 아니군요.

아버진 이제 어떻게 하실 거죠?
파인즈 호텔 까지 걸어갔다 돌아오자꾸나.

제 말은 앞으로의 생활 말예요. 말라가 떠났으니까요.
뭐 여기서 여름 끝날 때까지 함께 있다가…
참 아름답지…

말씀드렸지만 프랑소와즈와 전 주말까지만 머무를 수 있다구요.
그래? 그러면 너희들 갈 때 나도 가야겠다.
여기 혼자 있을 필요가 뭐 있니?

그리고는요?
응? 네가 퀸즈에 와서 나하고 지내면 어떨까?

너와 함께 있는 건 항상 즐겁단다 … 명심해라.
내 집이 바로 네집이란다

죄송해요, 아버지. 그렇게 할 순 없을 것 같아요. 무슨 말이냐면 우린 우리만의 살 곳이 있고… 또-
그래, 지금 대답할 필요는 없어… 그저 생각해 보란 말이다…

음- 아버지, 아우슈비츠에서의 일에 대해 좀 더 물어봐도 될까요?
물론이다, 얘야. 너라면 뭐든지 물어도 좋아!

그러니까… 아버지와 어머니가 거기 도착하셔서 헤어지신 후로 어떻게 됐죠?

거기 가니까 한쪽으론 남자들을, 다른 쪽으로는 여자들을 몰아넣더구나.
나 왔!
나는 아냐에게 손을 흔들며 급히 작별 인사를 했지.

하지만 알고 있겠지만 아냐와 난 절대 헤어지지 않았단다!
예??
그럼, 아니지! 전쟁이 우리를 갈라놓은 거야. 하지만 그 전이든 그 이후든 우리는 늘 함께였어.
내 돈을 노린 말라완 너무 달랐지!
아우슈비츠요 아버지. 아우슈비츠 이야기요.
아우슈비츠는 오스비에침이란 도시에 있었지. 전쟁 전에도 난 종종 그 곳에 와서 직물을 팔았단다. ... 그런데 지금 다시 오게 된 거야.

우리가 큰 방으로 들어가자 그들이 소리를 질러댔지.
옷을 벗어라! 귀금속을 내놓도록 해! 줄을 서! 빨리!
난 그 당시 아직 내 친구 만델바움과 함께 있었어.

우리에게서 증명서와 의복을 빼앗더니, 머리를 깎아버리더구나.
(쉿, 우린 이젠 어떻게 될까?)
(걱정 마…)
우린 추웠고 두려웠지.

(여기 데려 왔으니 일을 시킬 거야. 아직 죽일 준비가 안 된 거야.)
(우리 아내와 애들은 어떻게 되는 거지?)
닥쳐라, 유태인들! 목욕탕으로 가라. 빨리!

어디서나 우린 뛰어야 했지. *조깅하는* 사람처럼 말이야. 사우나에도 뛰어 갔단다…

눈 내리는 가운데 그들은 우리에게 포로옷을 던져 줬지.

어떤 사람이 교환하려고 했어.

난 운이 좋았지. 대체로 내 몸에 맞는 편이었거든. 셔츠는 찢어진 데다 너무 컸지만…

온통 지독한 냄새였어. 설명하기 어려운데… 향긋하기도 하고 … 마치 고무 타는 것처럼 말이야. 그리고 *기름* 같기도 하고.

바로 만델바움의 조카인 **아브라함** 아니겠니!

우리 신참들은 방에 처넣어졌어. 고참들이 지나가면서 하나같이 이렇게 말했지.
저기 굴뚝 보이지!…
그래, 그래서 난 더 서글펐지.

난 지친 데다 추웠고 좀 울기까지 했다.
아무도 쳐다 보지 않았지.

한데 다른 방에서 누군가가 다가오더구나.
왜 우는가, 형제여?

제가 기뻐해야 합니까? 축제에라도 온 겁니까?
자네 팔을 좀 보여줘…
그는 신부였어…

흐음, 숫자가 17로 시작되는군, 히브리어로는 "크민얀 토프"지. 17은 아주 좋은 징조야…
그는 유태인은 아니었지만, 무척 똑똑했단다.

13으로 끝나는데 이건 유태인 소년이 성인이 되는 나이지…

그리고 봐 다 더하면 18인데, 히브리에선 "차이"라고 부르는 생명의 숫자지.

난 이 지옥에서 살아나갈지 모르겠어, 하지만 자넨 이 모든 걸 이기고 살아나갈 게 틀림없어!
난 믿기 시작했다. 정말이지 그가 내게 또 하나의 생명을 불어 넣어 준 거야.

그래서 최악의 경우마다 난 팔목을 보면서 말했지, "그래, 신부님이 옳아! 합이 18이라구!"
휴, 그 사람은 성인 이었군요!
그렇지… 그를 다신 못 봤단다.

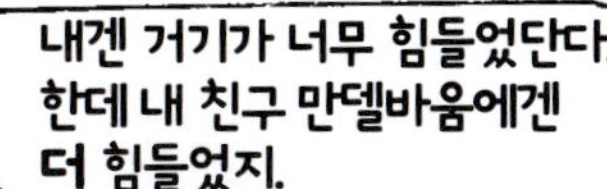

내겐 거기가 너무 힘들었단다.
한데 내 친구 만델바움에겐
더 힘들었지.

소스노비에츠에선 만델바움을
모르는 이가 없었어…
내 나이 또래로 아주 부자였고
훌륭한 사람이었지…

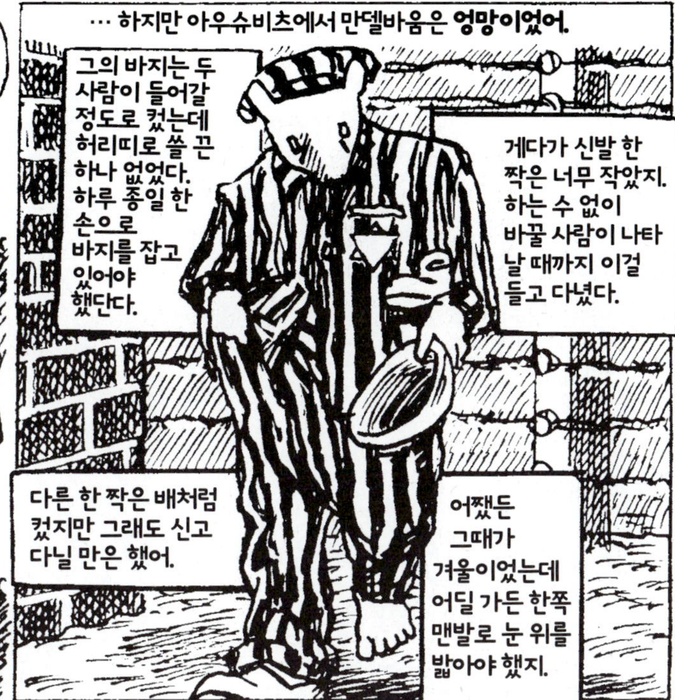

… 하지만 아우슈비츠에서 만델바움은 엉망이었어.
그의 바지는 두 사람이 들어갈 정도로 컸는데 허리띠로 쓸 끈 하나 없었다. 하루 종일 한 손으로 바지를 잡고 있어야 했단다.
게다가 신발 한 짝은 너무 작았지. 하는 수 없이 바꿀 사람이 나타날 때까지 이걸 들고 다녔다.
다른 한 짝은 배처럼 컸지만 그래도 신고 다닐 만은 했어.
어쨌든 그때가 겨울이었는데 어딜 가든 한쪽 맨발로 눈 위를 밟아야 했지.

블라덱, 자네 숟가락 좀 쓸 수 있나?
그럼. 한데 자네 건?

떨어뜨렸는데 주우려고 보니까 벌써 훔쳐갔더군.
숟가락 하나면 하루치 빵의 반을 얻을 수 있었어.

거기다 수프도 다 엎질렀다네. 더 달라고 했더니 때리더군!

그릇을 붙잡으니까 신이 떨어지고 신을 주으니까 바지가 흘러내리니…

나보고 어쩌란 말야? 손은 둘뿐인데!

아! 하나님. 제발 하나님… 끈 하나와 맞는 신발 한 짝만 구하게 도와주십시오!
하지만 신은 거기 오지 않았단다. 믿을 건 오로지 우리뿐이었지.

막사에는 감독인 **카포**가 있었는데,
소리 지르고, 걸어차고 뭐든지 맘대로였지.

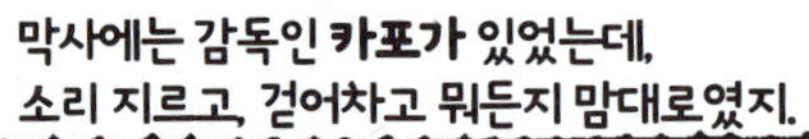

어느 땐가 이 구역 담당 감독이 우리에게 소리를 질러대며 말했어.

영어 아는 놈 있나?
손들어!
(블라덱, 자네 손들어야지.)
(아냐…)

(저 몽둥이 가까이 가고 싶지 않아. 게다가 벌써 올라간 손들을 보라구 …)
이곳의 프랑스 유태인들 대부분이 영어를 할 줄 알았지.

감독이 그들을 따로 데려갔다가 곧 돌려보내더군.

영어와 폴란드어를 아는 놈 없나?
이번엔 손드는 수가 적었지. 그래서 나도 나갔단다.

한 8, 9명 됐는데 다 몇 마디씩 해보라는 거야.

VHERE_IST_DER PEN?_ DER PEN IST_IN_DERTABLE
다음.
다른 친구들 하는 걸 보니 가능성이 있겠다는 생각이 들었지.

난 영어로만 얘기했지. 폴란드어에 비해 영어가 나았거든.

예. 체코슬로바키아에 살던 당시에 영어 개인 교습을 했죠.
그는 여기서 영어를 배우고 싶었던 거야!

여기서 용케 벌리츠 교재를 구했네요! 벌써 동사활용을 공부했군요?
?
그러자 날 한쪽으로 데려갔지.

잘 들으라구. 여긴 죄수가 너무 많아. 내일 SS가 너희들을 정렬시킬 거야. … 반드시 제일 왼쪽에 서도록 해

아침에 SS가 그 날 일을 시킬 사람들을 뽑고 나서는 영영 데리고 갈 허약한 친구들을 한 쪽으로 선별했지. 내 순서가 되기 전에 숫자가 충분히 채워졌단다.

카포가 남은 사람들을 몰아
넣으며 구역을 청소하게 했어.

모두 다 번호로 불렀지만
나는 이름을 불렀던 거야.

이 자의 아침인가 봐. 여기서
이걸 먹으니 얼마나 행복할까!

난 보기가 두려웠어. 너무 배가
고파서 다 집어먹을 것 같았거든.

난 그가 지켜보는 가운데 먹고 또 먹었단다. 그리곤 몇 시간 동안을 가르치고 약간 이야길 나눴지.

난 만델바움에 대해 다 설명했지.

정말이지 난 너무 잘 나갔다!

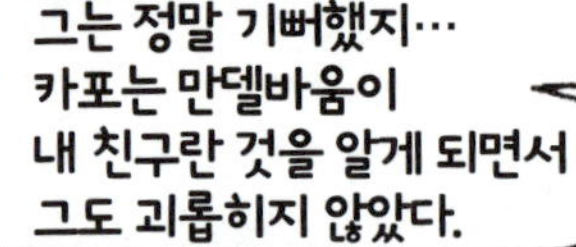

될 수 있는 한 오래 그를 지켜주고 싶었는데 며칠 후 독일군이 와서 그를 뽑아 갔단다…

경비병은 칭찬을 듣고 탈출을 막은 공로로 며칠간 휴가를 얻었겠지.

혹은 아프게 돼서 우선 병원에 넣었다가 나중에 화로에 처넣었을지도 몰라…

그들이 어쨌는지 알겠지? 그런데도 난 그때까진 거기서도 행복했어. 내겐 아직 끝이 아니었거든.

아우슈비츠 주변에선 늘 건설공사가 있었지. 지붕 때문에 함석장이가 필요했어.

아래층은 한증막과 소용돌이 풀을 갖춘 체육관이야. 내일 너를 거기 데려갈 수 있을지도 몰라.
사양할게요. 무단출입으로 잡히는 게 두렵지 않으세요?

허, 우리 방갈로에선 다들 여기에 오거나 저 위쪽 브릭크만 호텔로 가는 게 보통이야.

… 난 파인즈가 더 좋아. 단지 여기선 방 열쇠 없이는 체육관 보관함을 얻을 수가 없지.
깍

저 봐라. 빙고 게임 카드를 나눠주고 있어. 우리도 가서 할까?
아니요, 테이프를 새 걸로 갈아 넣었으니 시작해 보죠.

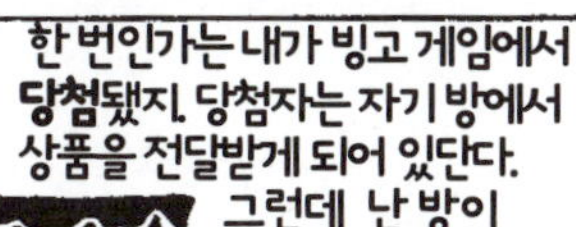

한 번인가는 내가 빙고 게임에서 당첨됐지. 당첨자는 자기 방에서 상품을 전달받게 되어 있단다. 그런데 난 방이 없었으니까.

내 뒤에 져서 낙심해 있는 아가씨가 앉아 있었지. 숫자 하나 차이로 떨어진 거야.

… 그래서 내가 그녀에게 내 카드를 주고는 "난 저런 상품을 좋아하지 않아요. 나가서 당첨자가 되세요." 했더니 너무 좋아하더라.

그 여자에게 여기 투숙 손님이 아니라고 했나요?
뭣 때문에? 그 여자가 상관할 일도 아닌데.

시내에도 빙고 게임장이 있단다. 한 장에 50센트지. 말라는 이따금 가고 싶어 했어. 그러면 내가 그랬다. "뭣 때문에? 나중에 주는 커피 때문에? 파인즈 호텔에 가면 무료로 빙고를 할 수 있고 우리 집에 더 좋은 커피가 있는데!"
…B-5…
G-22…
맞았다!

둘 · 아우슈비츠 (시간이 흘러서)

시간이 흘러서…

아버지는 1982년 8월 18일에 심장마비로 돌아가셨습니다…
프랑소와즈와 난 1979년 8월 초에 캣츠킬즈로 가서 그분과 함께 지냈습니다.

아버지는 1944년 봄에 아우슈비츠에서 함석장이 일을 시작하셨습니다…
난 1987년 2월 말에 이 페이지를 시작했습니다.

1987년 5월이면 프랑소와즈와 난 아이를 갖게 될 것입니다…
1944년 5월 16일부터 24일까지 10만 명이 넘는 헝가리의 유태인들이 가스로 죽었습니다…

1986년 9월, 8년간의 작업 끝에 <쥐> 제1권이 발간되었습니다. 비평에 있어서나 판매에 있어서나 성공이었죠.

최소 15개국의 외국어 판이 발간되었고, 내 책을 TV특집이나 영화로 만들겠다는 진지한 제의를 네 차례나 받았습니다. (난 원하지 않지만.)
1968년 5월 어머니가 자살하셨습니다. (아무 말도 남기지 않았죠.)
최근 전 기분이 우울합니다!…
좋습니다, 슈피겔만 씨… 촬영 준비 됐습니다!…

시청자분들께 당신의 책에서 얻었으면 하는 메시지가 뭔지 말씀해 주시죠?
메시지요? 모르겠는데요 …

저, 전 이걸 어떤 메시지 하나로 축소하려는 생각이 없었습니다. 그러니까 전 누구든 제가 원하는 대로 납득시키려 하지 않았다는 것이죠.
선생님의 책이 독일어로 번역되고 있다죠?

독일 청소년들은 대학살 이야기라면 이미 질릴 정도로 듣고 봤습니다. 이 사건들은 그들이 태어나기 전에 있었던 일인데 왜 그들이 죄책감을 느껴야 할까요?
누구에게 얘기 할까요?

하지만 나치 독일 하에 번성했던 많은 기업들이 그 어느 때보다 더 번창하고 있죠. 모르겠어요 … 아마 모든 사람이 죄책감을 느껴야죠. 전부가! 영원히 말예요!
좋습니다. 이스라엘의 유태인에 대해 얘기 해보죠 …

이스라엘의 유태인을 다룬다면 어떤 동물로 그리시겠습니까?
모르겠습니다 … 두더지일까요?
실례합니다만 …
그래, 원하는 게 뭡니까? 지분을 더 바라는 겁니까? 이봐요, 얘기 좀 해보자구요.
제가 바라는 건 … 사면입니다. 아니…아니에요… 제가 원하는 건… 제 어머니라구요.

아트 씨. 이 계약을 좀 생각해 보시죠. 당신은 수익의 반을 갖구요. 우린 백만장자가 될 거라 구요. 부친께서도 자랑스러워하실 거예요.
예?
쥐를 읽으셨죠! 이젠 조끼를 사십시오!
우리 시청자분들께 〈쥐〉가 카타르시스와 관계가 있다는 걸 말씀해 주실래요? 지금 기분이 좀 나아졌나요?
으앙!

혼자 있을 때조차 꽉 **막힌** 기분이에요. 책을 쓰진 않고 몇 시간이고 그냥 소파에 누워서 옷장의 기름 땟자국만 바라보고 있죠.

애완 고양이의 사진 액자. 정말임!

어쩐지 아버지와의 논쟁이 긴박감을 좀 잃은 듯 하고 또 아우슈비츠 생각하기도 무섭기만 해서… 그냥 누워만 있는 거죠…
후회하는 것 같은데요. 아마 아버질 조롱당하게 했다고 여기는 것 같군요.
그럴지도 모르죠. 하지만 난 냉정하면서도 얼마나 화가 났는지를 보이고자 했을 뿐이에요.
그렇다 해도 사내아이들은 어려서는 다 아버지를 존경하죠.
옳은 말씀인데요. 전 그런 기억이 별로 없군요.
주로 기억나는 게 아버지와 말다툼하던 거고 … 또 난 어떤 것도 아버지만큼 못한다는 얘길 들었죠.
이제 당신이 성공을 거두니까 아버지를 공박했던 게 후회되는 거죠.
제 성과가 뭐가 됐든 간에 아우슈비츠에서 살아남은 것에 비하면 대단치 않아 보이거든요.
하지만 당신은 아우슈비츠에 있지 않았고 레고 파크에 있었잖습니까?
어쩌면 당신 부친은 자신이 항상 옳았다는 걸, 그러니까 항상 살아남을 수 있었다는 걸 보여줄 필요가 있었을 거예요. 왜냐면 살아남은 것에 대해 죄책감을 느꼈을 테니까요.
그럴 수도 있겠군요.
그리고 부친은 안전해지자 그 죄책감을 진짜 생존자인 당신에게 떠넘긴 거예요.
음… 말씀해 주세요. 선생님은 수용소에서 살아남은 것에 대해 죄책감을 느끼세요?
아니요… 그저 슬플 뿐이지.

당신은 부친께서 살아남은 것을 존경스럽게 생각합니까?
아…물론이죠. 운이 많이 개입됐다는 건 알지만 아버진 놀랍도록 현실을 직시하셨고 수완이 대단했죠.

그래서 생존을 우러러볼 만하다고 생각하는군요. 그렇다면 살아남지 못한 건 우러러볼 만하지 않다는 뜻입니까?
아, 아, 무슨 말씀인지 알겠어요. 마치 사는 게 승리고 죽음은 패배라는 식이죠.

맞아요. 인생은 늘 산 사람 편이죠. 그래서 무슨 이유인지 희생자들은 비난을 받습니다. 하지만 살아남은 사람들이 최선의 인간은 아니었듯이 죽은 사람들도 최선은 아니었죠. 무작위였으니까요!

휴우, 당신 책 얘길 하는 건 아니지만 지금까지 대학살에 대해 얼마나 많은 책들이 쓰여 졌는지 보세요. 무슨 소용이 있었죠? 사람들은 변하지 않았어요…
어쩌면 더 새로운 대규모 학살이 필요할지도 모르죠.

어쨌든 죽은 희생자들이 자기들 얘기를 하는 일은 절대 없을 테니 더 이상의 얘긴 하지 않는 게 좋죠.

아, 사무엘 베케트가 이렇게 말한 적이 있어요. "모든 말은 침묵과 무(無) 위에 묻은 불필요한 얼룩이다."
그래요.

어쨌든 그는 그렇게 말했죠.
그의 말이 옳아요. 당신 책에 포함시켜도 되겠군요.

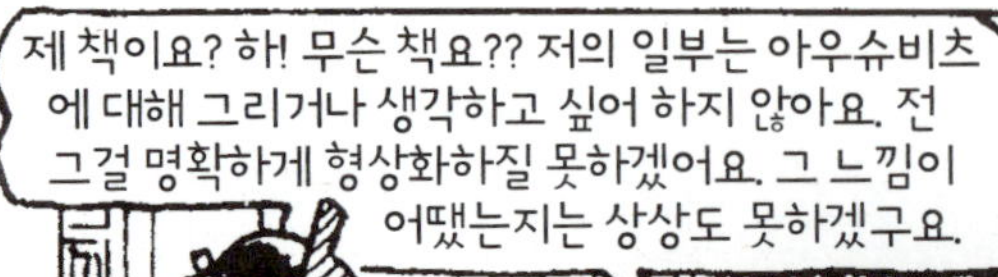

제 책이요? 하! 무슨 책요?? 저의 일부는 아우슈비츠에 대해 그리거나 생각하고 싶어 하지 않아요. 전 그걸 명확하게 형상화하질 못하겠어요. 그 느낌이 어땠는지는 상상도 못하겠구요.

아우슈비츠가 어떤 느낌이었냐구요? 흠… 어떻게 설명할까?
왕!
이크!!!

뭐 그런 느낌이었죠. 늘 그랬어요! 문에 이른 순간부터 끝까지.

그래, 책의 어느 부분을 표현하려는 거죠?
아버지가 수용소 근처의 함석공장에서 일하셨어요. 어떤 종류의 연장들과 물건 등을 그려야 할지 모르겠어요. 기록이 없거든요.

봅시다. 절단기가, 커다란 종이 절단기가 있겠고 전기 드릴 프레스가 한두 개.

그걸 어떻게 아시죠?
아, 내가 어려서 체코슬로바키아의 작은 공업사에서 일했어요.

늦었군요. 아직 개들을 산책시키지 않았는데.
됐습니다. 다음 주에 다시 올게요.

야, 정말 이해 못하겠군…

하지만 파벨과 얘기하고 나면 기분이 나아진단 말야…

함석공장을 보여주고 드릴 프레스는 안 그려도 되겠지. 기계 그리는 건 싫으니까.

그래서…
찰칵
… 그래서 내가 병원에서 나오자마자 유언을 바꾸라고 또 시작하는 거야!
제발요, 아버지. 녹음 시작됐어요. 계속 하죠…

난 여전히 너무 아프고 지쳐 있었지. 그래서 그저 평온을 바라고 법적으로 하기로 동의했지. 말라가 공증인을 침대 옆까지 데리고 왔어.
아우슈비츠 얘기로 돌아가죠…

방문해 주는 데 15달러를 내라는 거야! 몸이 좀 나아질 때까지 한 주만 기다렸으면 은행에 가서 15센트만 내고 공증인을 쓰는 데 말이다!
됐습니다! 아우슈비츠 이야길 하시라구요!

휴우
카포가 아버지께 함석장이 일을 주려고 한 얘길 하셨어요…
그래, 난 매일 수용소 바로 밖에서 일했지…

함석장이의 우두머리는 이들이라는 러시아 출신 유태인이었지.
이런! 넌 함석장이가 아니군. 제대로 자르지도 못하잖아.
전 항상 이렇게 해 왔는데요!…

전 함석을 한 지 몇 년밖에 안됐어요. 어떻게 잘라야 할지 보여만 주시면 금방 배우죠.

하! 슈피겔만, 넌 평생 제대로 일해 본 적도 없어! 널 잘 알고 있어…
내 얘길 어디서 들었는지 알 수 없었지.

넌 큰 공장들을 갖고서 노동자들을 착취했다. 이 더러운 자본가!
이 이들이란 자는 공산주의자였어.

쳇! 너 같은 쓰레기는 여기 있고 진짜 함석장이는 굴뚝으로 사라지니… 조심하라고, 내가 지켜볼 테니!
난 겁이 났지. 정말 내게 무슨 일을 저지를 것 같았어.

거기 있던 다른 친구들하곤 잘 지냈지.

인근 폴란드인들도 거기에 고용돼 일하고 있었어.
죄수가 아니라 전문 건축 일꾼들이었지…

아우슈비츠 세탁장의 책임자는 전쟁 전에 우리
집안과 알고 지낸 훌륭한 친구였는데…

그에게서 난 죄수복 아래 몰래 입을
민간인 옷을 구했지. 내가 너무 말라서
경비병은 더 껴입은 줄도 몰랐단다.

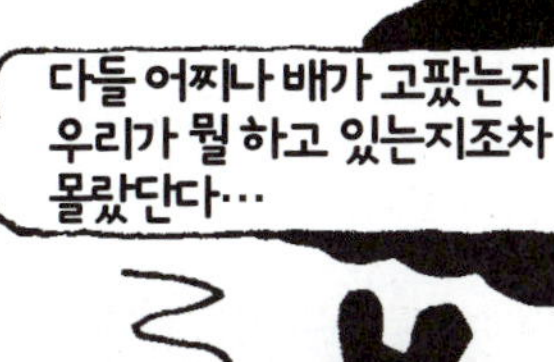

다들 어찌나 배가 고팠는지 우리가 뭘 하고 있는지조차 몰랐단다…

아침 식사라고 해봐야 기껏 뿌리에서 짜낸 씁쓸한 차뿐이었어.

난 다른 사람들보다 일찍 일어났어. 그래야 화장실을 갔다 와도 차를 배급받을 수 있었거든.

하루 한 번 순무 수프를 배식했어. 줄 맨 앞 가까이 서면 좋지 않았단다. 국물뿐이었거든.
섞어요! 섞어!
줄 끝 근처가 좋았지. 바닥의 건더기가 떠올랐거든.

하지만 너무 뒤쪽도 좋지 않았단다.
…국물도 **없을** 때가 많았거든.

그리고 하루 한 번 모래처럼 까실까실한 빵조각을 줬지.

밀가루에 톱밥을 섞은 거야. 그 조그만 조각으로 종일을 버텨야 했어.
대부분 바로 해치워 버렸지만 난 늘 나중을 위해 반을 남겨뒀어.

그리고 저녁엔 상한 치즈나 잼을 먹었지. 재수 좋으면 일주일에 두세 번씩 내 손가락 두 개만한 소시지를 먹기도 하고, 우리가 먹은 건 이게 겨우 전부였어.
그들이 주는 만큼만 먹었다간 서서히 죽어가기에 딱 맞았어.

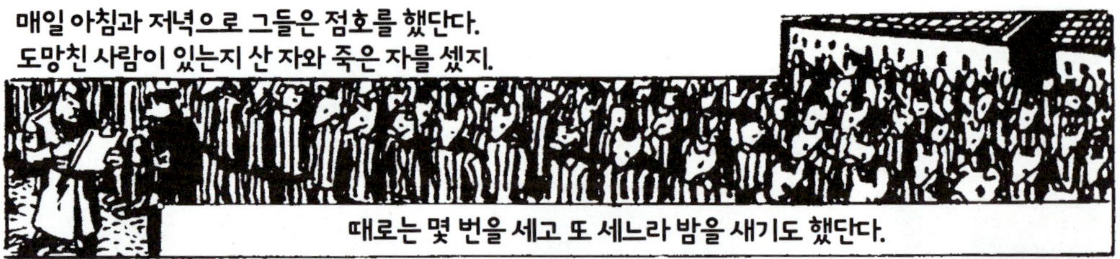

매일 아침과 저녁으로 그들은 점호를 했단다.
도망친 사람이 있는지 산 자와 죽은 자를 셌지.

때로는 몇 번을 세고 또 세느라 밤을 새기도 했단다.

어느 노인이 있었는데 우리가 점호 받을 때마다 늘 시끄럽게 떠들어대는 거야…
난 저 유태인 놈들과 폴란드 놈들 사이에 있을 수 없어요!
나도 당신들처럼 독일인이란 말이요!

난 황제에게서 받은 훈장도 있어요. 내 아들은 군인이구요!
하지만 때리고 비웃기만 했지.

그는 정말 독일인이었나요?
누가 알겠니? 독일인 죄수들도 있었으니까… 허나 독일인들에겐 이 친구 역시 유태인이었지!

어느 날 점호에 그가 똑바로 서지 않자 경비병이 끌고 갔단다. 그가 노인을 쓰러뜨리고 목을 우악스럽게 밟는 소리 들었지…
아니, 가스실로 보냈나? 기억은 못하겠다만, 어쨌든 그렇게 죽은 그는 다신 투덜대지 않았지.

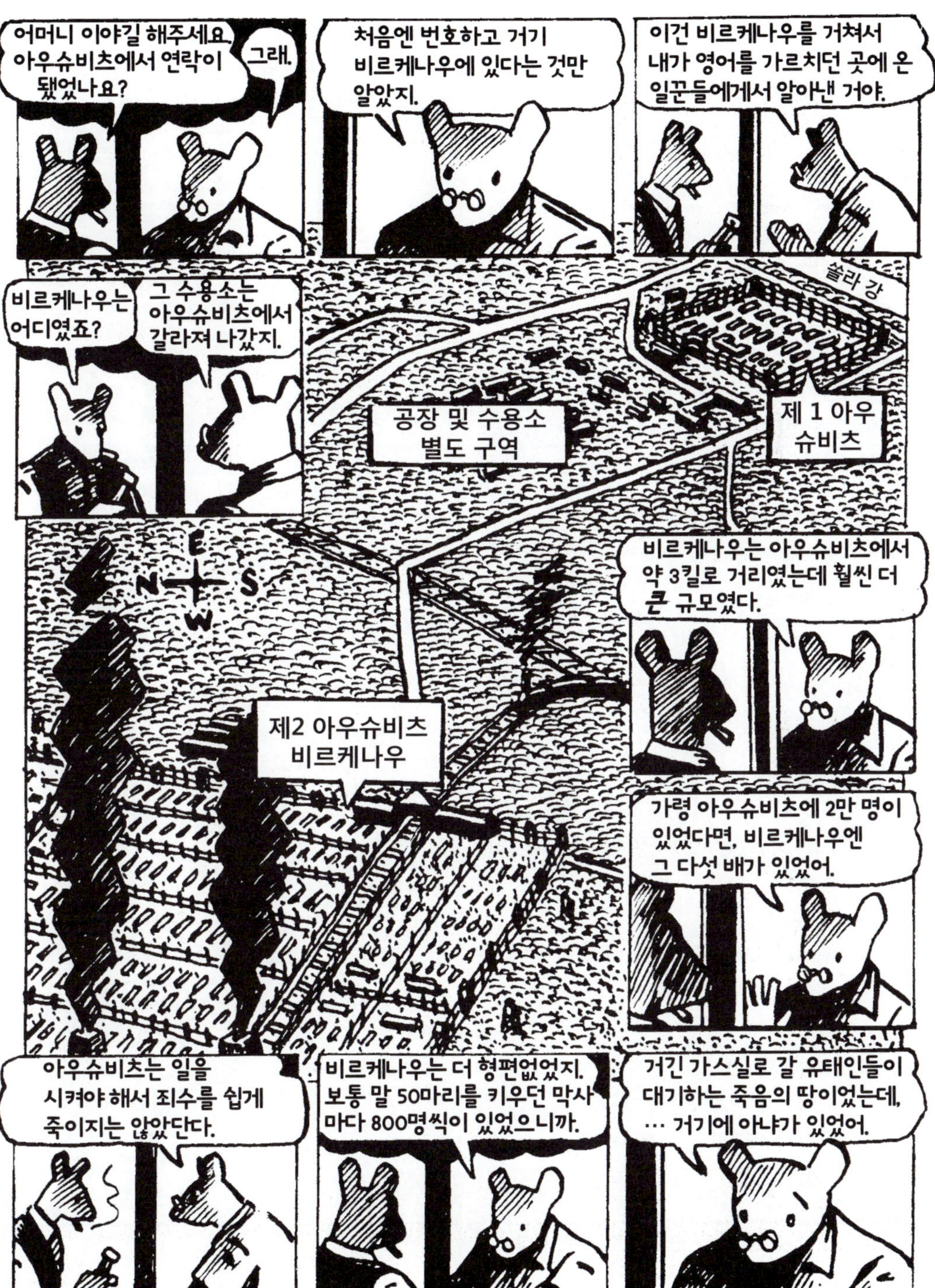

어머니 이야길 해주세요. 아우슈비츠에서 연락이 됐었나요?
그래.
처음엔 번호하고 거기 비르케나우에 있다는 것만 알았지.
이건 비르케나우를 거쳐서 내가 영어를 가르치던 곳에 온 일꾼들에게서 알아낸 거야.
비르케나우는 어디였죠?
그 수용소는 아우슈비츠에서 갈라져 나갔지.
솔라 강
공장 및 수용소 별도 구역
제 1 아우 슈비츠
제2 아우슈비츠 비르케나우
비르케나우는 아우슈비츠에서 약 3킬로 거리였는데 훨씬 더 큰 규모였다.
가령 아우슈비츠에 2만 명이 있었다면, 비르케나우엔 그 다섯 배가 있었어.
아우슈비츠는 일을 시켜야 해서 죄수를 쉽게 죽이지는 않았단다.
비르케나우는 더 형편없었지. 보통 말 50마리를 키우던 막사마다 800명씩이 있었으니까.
거긴 가스실로 갈 유태인들이 대기하는 죽음의 땅이었는데, … 거기에 아냐가 있었어.

215

자… 이제 서둘러라. 집에 가서 점심 먹을 시간이구나.
그러니까 아버진 정말로 비르케나우의 어머니와 연락이…되고 있었군요?
그래. 만치에를 통해 접촉을 하다가 나중에 내가 아냐를—
잠깐만요! 만치에가 누구죠?
만치에 그 여잔 헝가리 출신이었는데 가끔 거기서 일했지. 예쁘고 키가 큰 금발 아가씨였어. 게다가 똑똑하기까지 했지.
저 나무 더미 뒤에 가서 좀 쉬어요. 경비원이 가까이 오면 알려 줄 테니까.
(쉿-아가씨 여기 위예요! 정말 좋은 분이라는 걸 알고 있소. 제발 절 좀 도와주세요!)
예? (무슨 일인데요?)
(제가 아니고 비르케나우의 제 아내가 걱정이 돼서요. 아직 살아 있는지 알아봐 주겠소?)
그녀에게 아냐의 이름과 번호를 일러줬지.
그 여자는, 나중에 들은 얘기지만 SS 애인이 있었어. 그가 그 여자에게 비르케나우에서 대략 열 명의 죄수를 감독하는 좋은 자리를 마련해줬지.
(내겐 아껴둔 음식이 좀 있는데. 도움에 보답할게요.)
(그냥 두세요. 며칠 후 여기서 다시 일할 거예요. 한번 찾아보죠.)
매일 찾아봤지. 나흘 후에 그 여자가 보이더구나.
소스노비에츠에서 온 아냐라는 여자를 만났어. 너무 허약하고…
누가 남편이 아직 살아 있다고 이야기 해 주었더니 기뻐서 울었다는 거야.
아무도 눈치 못 채게 그녀는 자기 일꾼을 보고 이야길 했고 난 양철 판을 보고 얘기했지.
나도 이 얘길 듣고 잠시 눈물이 쏟아졌다. 그리고 만치에도 울었지.

216

며칠 후 만치에가 또 거기 왔더구나.
문간의 바위 밑에 "쓰레기"가 있어요.
그 여자가 아냐로부터 편지를, 진짜 편지를 가져온 거야.

"당신이 보고 싶어요." 이렇게 썼더구나.
"날마다 전기 철조망으로 뛰어 들어가 모든 걸 끝내 버리자는 생각이 들어요. 하지만 당신이 살아 있다니 아직 살 희망이 생기는군요…"

그런데 아냐의 카포가 너무 고약해서 아냐가 할 수 없는 힘든 일을 준다는 거야.
가령 주방에서 커다란 수프 통을 나르는 일 같은 것 말야.

그런 통은 내게도 무거운데 자그마했던 아냐에겐 불가능한 일이었지.
아냐는 자기 쪽을 잘 붙잡질 못해서 늘 엎지르곤 했단다.

그러면 카포는 아냐를 심하게 때리고는 여전히 그 일을 시켰대.
또 아냐가 수프를 모두 엎질렀을 땐 아무도 먹을 게 없는 거였지. 아냐는 물론이고.

내가 편지에, "항상 당신을 생각하고 있소"라고 써서 만치에 편에 빵 두 조각과 함께 보냈지.

수용소에 빵을 들여가는 걸 SS가 알면 당장에 죽일 일이었는데도 만치에는 늘 가져다줬어.

이러더구나. "두 사람이 이렇게 사랑하는데 무슨 일이든 도울 수 있으면 도와야죠" 라고 말야.

매일 난 일 나가면서 만치에를 다시 볼까 기대했지…

아냐, 그냥 *행진했었지.* 악대 기억은 없어…

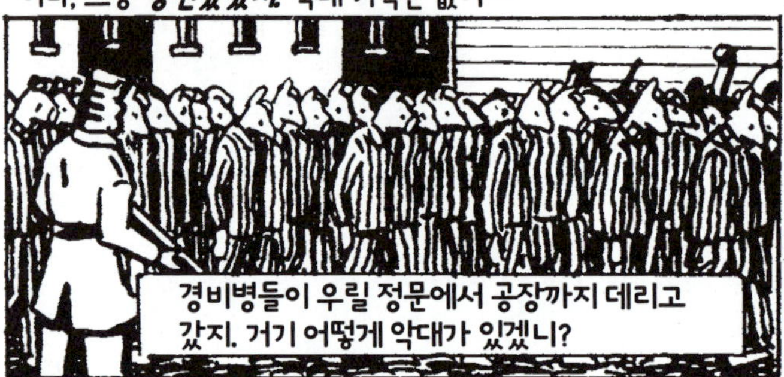

그 사람이 얘길 하면 나도 대답했지. 약간 마음씨가 좋았어.

한 번은 며칠 안 보이더구나…

…그곳에 아냐를 찾아가고서야 내 눈으로 어떤 곳인지를 봤지…
어머니를 보셨어요?
그래. 매일 함석공장에 SS 파견대가 찾아왔거든…
여긴 쓸데없이 인원이 많은 것 같은데…
본 수용소의 다른 작업을 위해 10명을 다시 내주어야겠다.
아…저 놈… 그리고 저 놈을 데려 가시죠…
그리고 잠깐! 그 놈은 안 됩니다! 지붕 공사론 최고거든요. 저 놈… 또 저 놈을 데려 가십시오…
재수 없는 친구들은 힘든 일을 하러 갔지만 난 이들이 지켜줬지.
… 비르케나우의 BI-b 지구에 인원을 하나 보내라. 여자 수용소의 지붕이 무너져 내린 곳이 있대.
제가 비르케나우에 갈게요. 구경한 적이 없거든요.
가라구, 슈피겔만. 그리고 다시 돌아오지 않아도 내가 알 게 뭐냐. 흥! 최고의 함석장이를 포기하고 널 구했는데 왜 그러는 거야!
그래서 몇 명과 함께 비르케나우로 걸어갔지. 처음 갔던 게 1944년 여름이었단다.
그 당시 수십, 수백 만 명의, 헝가리 유태인들이 들어오고 있었지.

219

수용소에 들어가 우린 불러댔지. 우리가 사랑하는 이들이 살아 있다면 누군가 아는 사람이 있을 테니까.
로즈에서 온 에바, 에바 골트베르크요!
소스노비에츠에서 온 아냐 질버베르크요!
맙소사, 블라덱 이군! 아냐를 찾아야 해!

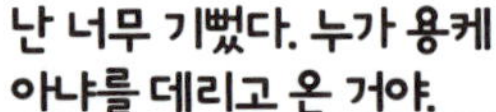

난 너무 기뻤다. 누가 용케 아냐를 데리고 온 거야.

여보, 올려다보지 마. 경비병에게 들킬 수도 있어.
아냐는 꼭 해골 같았지.

만치에가 내 편지 갖다 줬소?
네, 게다가 힘닿는 한 주방 일도 줘요!

내 친구들이 밖에서 기다리는데 빵조각을 갖다 주죠.
안 돼! 빵조각을 아끼라구! 그 일을 잃으면 어떡하려구? 만치에에게 무슨 일이라도 생기면?

친구들 걱정하지 마. 날 믿으라구. 그들은 당신 걱정하지 않는다구. 당신에게서 먹을 걸 더 얻으려는 생각뿐이야!

하지만 내 친구들은 늘 배가 고프고 난 입맛이 없거든요…
아냐, 제발 건강을 지켜요. 날 위해 말이요.

당신을 다시 보니까 기운이 나네요.

내가 사라진 걸 누가 알기 전에 가봐야겠어요.
나…난… 늘 당신을 생각하고 있소.

비르케나우에 **몇 번** 갔었는데 한 번은 정말 혼났었지.
일을 마치고 가는데 아냐 곁을 지나간 거야…

경비병 하나가 내게 소릴 질렀어.

아직 일할 수 있는 건강한 몸이라면 통과시켜서
다음 선별 작업이 있을 때까지 다른 옷을 지급했어…

두 번째 선별이 있을 때 난 막사에 있었어. 내 위의
침상에는 벨기에 출신의 괜찮은 친구가 있었단다.

언제든지 그를 데려갈 수 있었지.
그는 밤새도록 울며 소리를 질렀어.

하지만 나중에 또 시작하더군…

무슨 수가 있었겠니?
독일 놈들에게 끌고 가지 말라고
부탁할 수도 없잖아…이튿날
그들이 그를 데리고 가더구나.

그리고 나서… 함석공장 이들과의 관계는 여전히 똑같았다.
오늘은 사과 하나뿐인가? 자본가 선생. 사업이 잘 안됐나 보지?
저기서 일하던 제화공은 어떻게 됐죠?
폴란드 죄수들이 상당수 제국내의 수용소로 끌려갔지. 우리 친구들도 몇 명 갔다구.

난 전체 공장을 감독하는 카포에게 뛰어갔어.
제화공이 필요합니까?
물론! SS가 노인을 끌고 갔거든. 그런데 여전히 신은 들어오고 있어.
제가 어려서부터 제화공이었다는 거 아시죠?
내겐 제화공 같아 보이지 않는데. 넌 함석장이잖아.
제 이마에 써 놓고 다녀야 됩니까?
좋아. 그럼, 이걸 고쳐봐!

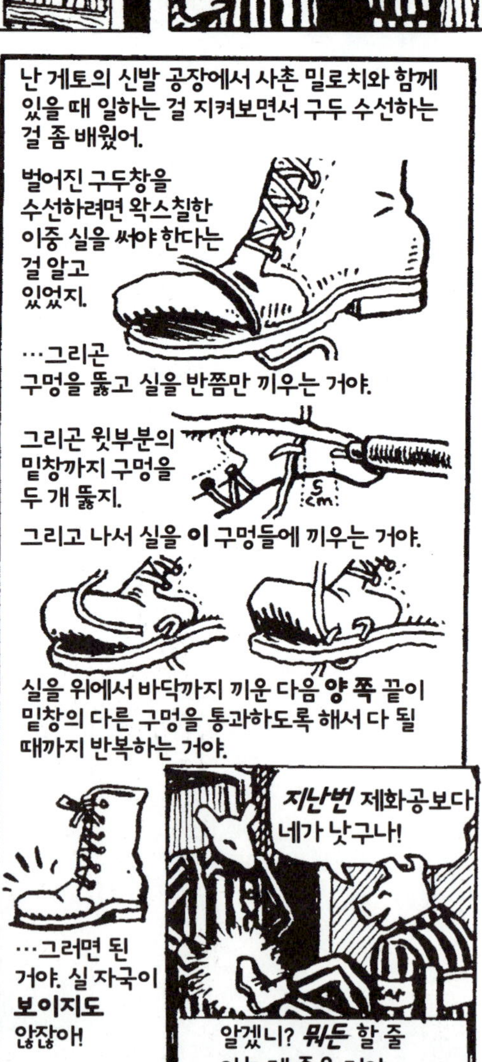
난 게토의 신발 공장에서 사촌 밀로치와 함께 있을 때 일하는 걸 지켜보면서 구두 수선하는 걸 좀 배웠어.
벌어진 구두창을 수선하려면 왁스칠한 이중 실을 써야 한다는 걸 알고 있었지.
…그리곤 구멍을 뚫고 실을 반쯤만 끼우는 거야.
그리곤 윗부분의 밑창까지 구멍을 두 개 뚫지.
5 cm
그리고 나서 실을 이 구멍들에 끼우는 거야.
실을 위에서 바닥까지 끼운 다음 양쪽 끝이 밑창의 다른 구멍을 통과하도록 해서 다 될 때까지 반복하는 거야.
…그러면 된 거야. 실 자국이 보이지도 않잖아!
지난번 제화공보다 네가 낫구나!
알겠니? 뭐든 할 줄 아는 게 좋은 거야.

그래서 난 제화공이 됐지. 난 여기서 앉아 있을 수 있는 따뜻한 나만의 방을 갖게 된 거야…

간부들은 수용소에 있는 큰 가게에 보내기보단 *내가* 고쳐주는 걸 좋아했어.

내일까지 새 것처럼 해놓지 않으면 넌 여기 더 못 있는 거야. 내 말 알겠나?

그리고 여기서는 이들이 날 내보내지 않을까 걱정할 필요도 없었지.

난 밑창과 굽은 고칠 줄 알았지만 이 게슈타포가 원하는 건 *전문가* 수준이었어.

그래서 일을 마치면서 이 장화를 숨겨서 아우슈비츠에 있는 **진짜** 제화공에게 가지고 갔어.

난 그가 하는 걸 주의 깊게 지켜봤지. 다음엔 빵을 절약할 수 있을 테니까.

다음날 그 게슈타포에게 장화를 대령시켰지.

그는 장화를 놓고 아무 말 없이 가버리는 거야.

그리곤 소시지를 하나 통째로 가지고 돌아오지 않았겠니!

그게 뭐였는줄 알아? 소시지 하나 말이야? 상상이 안 될 거야! 구두칼로 잘라서 어찌나 빨리 먹었던지 나중에 배가 아팠단다.

난 가끔 책임 맡은 카포와 나눠 가졌어.

살고 싶으면 친절한 게 좋단다.

거기선 종이도 구하기 어려웠어. 친구들은 필요하면 늘 내게 왔단다.
난 눈에 띄면 모아 놓았거든. 화장실에서도 대부분 옷 조각 아니면 손을 사용했지.
왜 다른 사람들은 종이를 모아 놓지 않았죠?
아휴! 사람들이 다들 어떤지 알잖니!
그래서... 난 아냐에게 지금 제화공이라는 것과 여기서 새 막사에 대해 얘길 들었다고 편지를 써 보냈어...
그리고 만치에가 전달 했지. 아주 좋은 여자 였어. 늘 가지고 갔지.
아냐는 내 편지 뒤쪽에 이 근처의 그 막사에 오고 싶은 생각뿐이라고 썼더구나.
아냐의 막사에는 한 천 명의 여자가 있었는데, 아무나 보는 대로 때리는 지독한 카포가 있었단다.
여우같은 것! 빵 하나 더 받는 걸 봤어!
아닌데.
좋은 장화군요. 밑창이 떨어져서 안됐네요.
그래서? 어쨌다는 거야?
그 여자 신은 가죽장화였지. 나무가 아니었어. 모양은 형편없었지만 정말 가죽이었어.
제 남편에게 보내면 되거든요. 아우슈비츠의 제화공이에요...
오, 정말 이야?!
그래서 장화를 내게 보내도록 했지.
당연히 난 그 신을 아주 훌륭히 고쳤어. 그러자 카포가 아냐에게 아주 다르게 대하는 거야.
그 국통은 네겐 너무 무거워. 내 방에 가서 점호 때까지 쉬고 있어.
... 아주 달라졌지.

그래서…다시 한 번 전 재산을 모아서 아냐를 가까이로 데려오기 위해 뇌물로 바쳤지. 그러니까 1944년 10월에 그 새 막사에 수천 명의 여자들이 모습을 나타내더구나…

아무도 보지 않을 때 난 왔다 갔다 하면서 탄약 만들러 가는 그녀가 저기서 보일 때까지 기다렸지…
접근금지

아냐 역시 서성이면서 내가 건넨 음식 꾸러미에 접근할 안전한 때를 기다렸어…
근지

한 번은 아주 안 좋았어.
어이, 너! 서라!

그거 놓고 당장 거기 서!

서라!
아냐는 뛰었지. 어딘지는 몰라도 자기 구역으로 들어갔어.

거긴 아냐의 친구 혼자 방 청소를 하고 있었어…
로니아, 날 빨리 숨겨 줘!
담요 밑으로 들어가!

네가 여기 어딘가에 있다는 걸 알고 있다. 찾는 날엔 이 자리에서 잡아 죽일 거야!
거긴 여러 개의 방과 수백 개의 침상이 있었어. 그 중 하나에 아냐는 숨 쉬는 것도 두려워하며 떨고 누워 있었어.

그러더니 모두를 뛰고 달리고 굽히게 해서 도저히 더 못할 때까지 시키고 *또* 시키는 거야.

큰 돌을 지고 이리저리 옮기고 구멍을 파는 일이었다. 매일 다른 일이었지만 힘들기는 항상 마찬가지였다. 무척 힘들었지…

머리를 얻어터지거나 더한 일도 당했지.

한데 그즈음 난 너무 여위었어. 그런데 선별이 다가온 거야.

난 곧바로 화장실로 뛰어갔어. 누가 보면 배가 아프다고 할 참이었지. 밑질 게 뭐 있겠어?

그럼 거기 있던 나머지 기간 동안 계속 암담한 일을 했나요?
더 이상 좋은 일자리 기회가 오지 않았다. 아우슈비츠에선 다해서 10개월 있었지.
격리 지구에서 영어를 가르치면서 얼마나 있었죠?
한 2개월 쯤. 그땐 좋았지.
1944
3
4
5
6
7
8
9
10
11
격리지구
함석공장
구두공장
암담한 일
그랬댔죠. 함석공장에선 얼마나 있었다구요?
그 공장에는 함석과 구두 일을 합해 5,6개월가량 있었지.
코스 방
그러면 암담한 일은 3개월간이었군요.
그래… 아니다! 생각해 보니…
암담한 일 다음에 다시 2개월간 이들과 함께 함석 일을 했으니까.
잠깐요! 그럼 12개월이 되는데, 아버진 총 10개월이라고 하셨잖아요!
그랬니? 암담한 일을 적게 해야겠구나. 아우슈비츠에선 시계가 없었거든.
야호! 두 분을 찾고 있었어요.
너무 오래 나가 있어 걱정됐어요.
그래, 내 은행 서류는 다 됐니?
아, 예. 집에 점심으로 샌드위치를 좀 준비했어요.
그것 좋군! 배가 몹시 고팠는데!
한데, 흰 빵으로 만든 거면 난 먹을 수 없다.

대단하구나 —내 특별 빵으로도 만들 줄 알고… 말라는 이런 훌륭한 샌드위치는 못 만들었을 걸.
집안에 이 빵밖에 없었어요
홍차나 커피 어느 걸로요?
내가 하마. 싱크대 옆에 아침에 쓰고 말려 놓은 홍차 팩이 있단다.
어떻게 다시 함석장이가 되셨죠?
말라는 저녁 내내 친구와 외출하면서 내가 먹고 마실 건 하나도 준비해 놓지 않은 적도 있단다.
휴, 어떤지 알겠지? 내 평생 또 한 번 불필요한 고통을 겪는 셈이지.
그래, 함석공장 에는 어떻게 다시 들어 가셨어요?
소련군이 가까이 왔을 때 독일 놈들은 아우슈비츠에서 도망갈 준비를 했단다. 가스실 기계를 해체할 수 있는 함석장이가 필요했지.
그걸 독일로 다 싸가지고 가려 했거든. 유태인도 독일로 다 끌고 가서 소리 없이 다 끝내버리려는 거였어.
독일 놈들은 어디에고 자기들이 한 짓의 흔적을 남기지 않으려 했어.
너는 가스실을 이야기로만 들었겠지만 난 소문이 아닌 내가 정말 본 것을 이야기할 뿐이란다.
여기에 대해선 내가 목격자야.

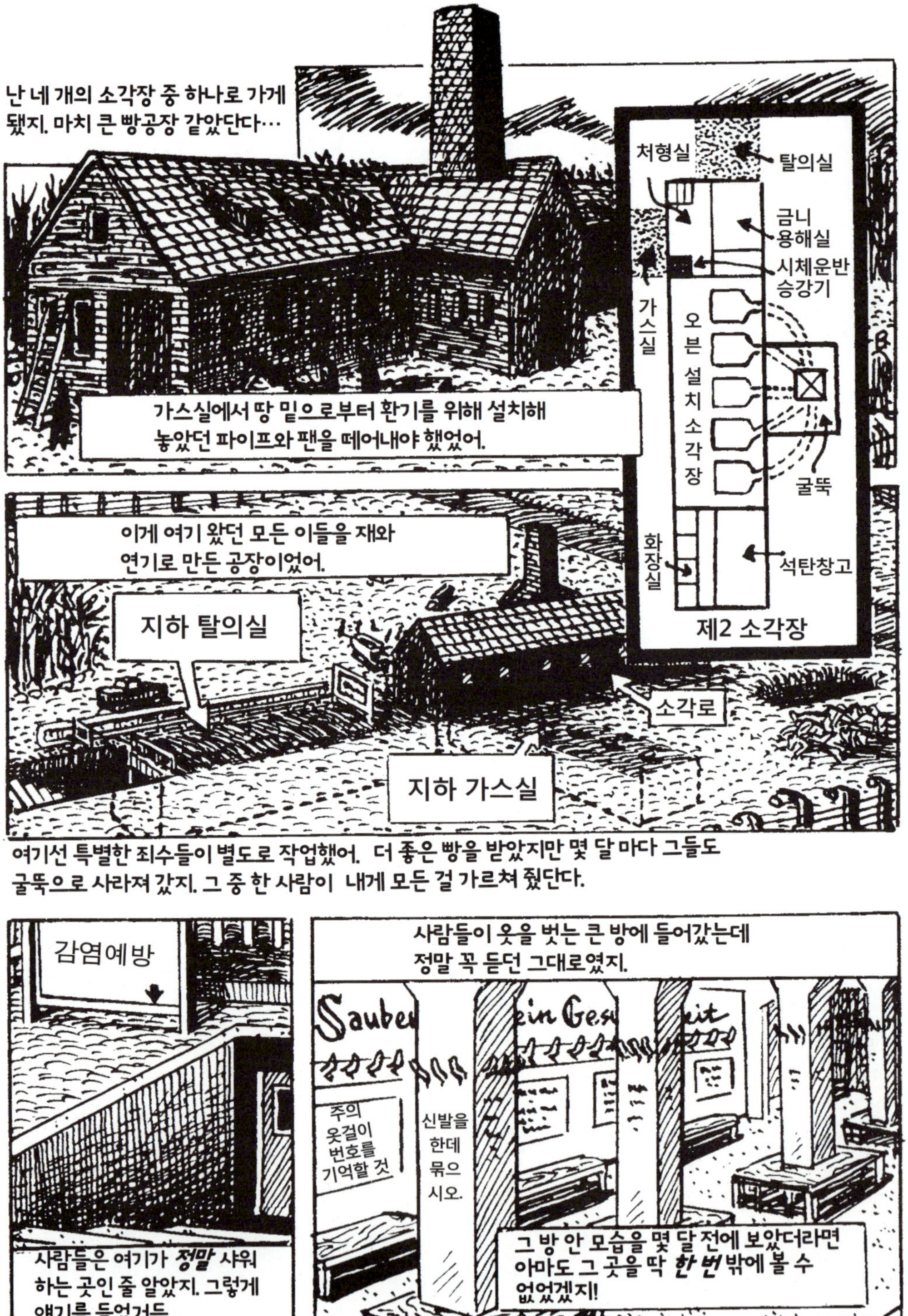

여기선 특별한 죄수들이 별도로 작업했어. 더 좋은 빵을 받았지만 몇 달 마다 그들도
굴뚝으로 사라져 갔지. 그 중 한 사람이 내게 모든 걸 가르쳐 줬단다.

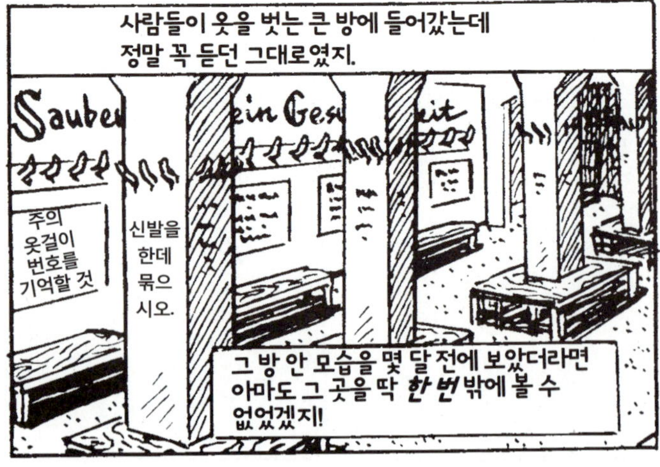

그래서 다들 샤워실로 몰려 들어가면
문이 무겁게 닫히고 조명이 어두워졌지.

거기서 일했던 친구가 내게 말해 주었다.

그들은 시체를 승강기에 실어 소각로까지 끌어올렸다더군.
여러 개였는데 하나 당 한 번에 둘 셋씩 소각했지.

이 구덩이에 처넣어지기 전에 가스실에서 끝을 본 사람들은 그래도 *운이 좋은* 편이었지.

거기서 일하던 죄수들이 산 사람과 죽은 사람 가리지 않고 휘발유를 퍼부었지.

세상에!
2시 30분이구나. 시간 빨리 흐르는 것 좀 봐. 그런데 아직도 오늘 할 일이 많이 남아 있으니…

접시 닦아야지, 저녁거리 녹여 놔야지, 또 아직 내 약을 세지도 않았거든.
모르겠군요… 유태인들이 왜 저항하려고 하지 않았을까요?

네 생각처럼 그렇게 쉽지가 않았단다. 다들 너무나 굶었고 겁에 질리고 힘들어서 눈앞에 벌어지는 일조차 믿을 수가 없었지.

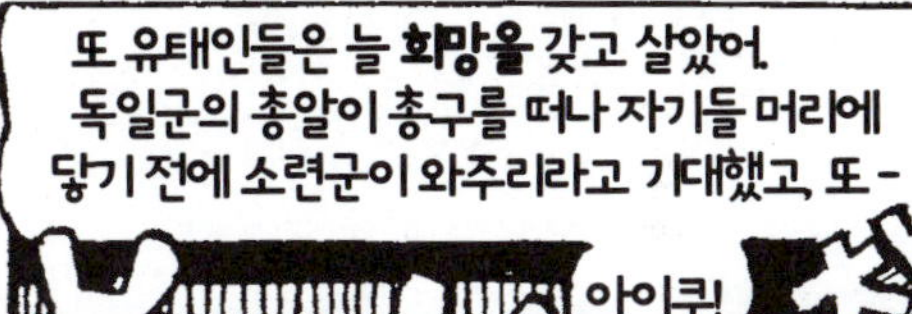
또 유태인들은 늘 희망을 갖고 살았어. 독일군의 총알이 총구를 떠나 자기들 머리에 닿기 전에 소련군이 와주리라고 기대했고, 또 –
아이쿠!
아 상처이!

아! 내 머리가 어떻게 된 거 아냐? 가장 아끼는 접시가 깨져 버렸어.
접시일 뿐인데요! … 한데 왜 한 사람의 나치라도 같이 끌고 죽으려고 하지 않았죠?

어떤 곳에선 싸우기도 했었지… 하지만 독일 놈 하나 죽이기 전에 우린 벌써 100명이 죽는 걸. 그럼 다 죽는 거야.

…그래서 그런 식으로 다 죽었지. 어쩌겠니?
버리지 말아래 그 접시는 아교로 다시 붙일 수 있어.

이젠 설거지를 해야겠군요.
아니다, 넌 칠면조 다리를 녹이려무나. … 넌 나머지 접시도 깨먹을 거야.

휴, 이제야 잠드셨어!

아버님과 하루를 보내기가 얼마나 힘든지 모르겠군요. 아버님은 사람을 너무 긴장시켜요.

두 분이 다시 같이 사실 수 있을까요?

정말 그래야 하는데. 안 그러면 우리가 책임져야 하거든. 난 아버지를 오래 버텨낼 수 없을 것 같아.

휴! 여긴 밤이 아주 평온하군요. 아우슈비츠가 있었다는 걸 믿기가 어려울 정도예요.

응, 그래. 아얘

… AND
HERE MY
TROUBLES
BEGAN …

27…
28…
29…
잘 주무셨어요, 아버지?
또 약 세세요?

아냐. 내 크래커야! 알약은 몇 시간 전에 세어놨다구!
너흰 어떻게 그렇게 늦게까지 잘 수가 있니?
쉽지가 않아요…

…법석을 떠시던데요.
냉장고 성에를 제거했어… 네 도움을 받아서 할 수도 있었는데 말야.

오늘은 밖이 너무나 화창하구나. 모두 차를 타고 슈퍼마켓에 가도 되겠어.
멋지군요

거기 가서 너희가 한 주 동안 먹고 싶은 것 뭐든 사자. 칠면조 다리, 생선, 등등 말이다.

많이는 필요 없어요. 어쨌든 하루 이틀이면 떠나니까요
떠난다고!? 이제 막 왔는데!

난 너희가 여름 다 갈 때까지 함께 있는 걸로 계획을 잡았는데.
아버지가 여기 혼자 잘 계시도록 며칠만 있겠다고 말씀드렸잖아요

휴우. 그럼 오지 않는 게 좋을 뻔 했구나. 이젠 너희와 같이 있는 데 익숙해졌는데 말이다.
아유!

난 말라가 남겨둔 음식을 가게에 반품하게 포장해야겠다.
씨리얼 좀 먹지 그래 …
됐습니다. 전 커피나 마실래요.

그러지 말고 그저 맛만 봐라. 얼마나 좋은지 알 수 있을 테니.
됐어요. 전 스페셜 K는 좋아하지 않아요.

하지만 소금이랑 설탕이 들었어. 내게는 독약이라 못 먹어. 좀 먹어 봐, 응, 프랑소와즈?
아뇨, 됐어요.

버리면 안 되는데, 싸 줄 테니 집에 가지고 가거라.
거의 다 비었는데요. 그냥 놔두세요.

좋다. 안 먹는다면 할 수 없지. 그럼 이 과일 케이크 한 조각만 먹어 봐라.
전 배고프지 않아요!

그래, 됐다. 과일 케이크도 씨리얼과 함께 싸서 가져가려무나.
아버지, 제발요! 전혀 필요 없어요, 네? 놔두시라구요!

난 그렇게는 못한다. 히틀러 때 이후로 빵 부스러기조차도 버리고 싶지 않아.
그러시면 히틀러가 다시 올 것을 대비해 저 빌어먹을 스페셜 K나 모셔두지 그래요!

이 상자는 풀로 붙이면 되지만 가게에서 바꿔 주지는 않을 거야!

그래서 …

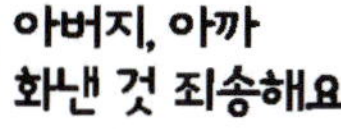

아버지, 아까 화낸 것 죄송해요.
그래. 벽이 너무 얇아서 이웃이 다 듣지.
제 말은요, 프랑소와즈나 저나 말라가 떠나서 아버지가 걱정이 된다는 거예요. 하지만 우리 부부가 아버지와 영구적으로 함께 살 것으론 기대하지 마시라는 거죠…

영구적으로? 그럴 리가? 난 그저 여기서 같이 여름을 즐겁게 보내자는 거지… 요금은 선불로 다 냈어. 환불도 안 돼.

레고 파크에선 완전히 혼잔데 어떻게 하실 거죠?
말라와 같이 보단 나 혼자 더 편하게 지낼 수 있어. 그럼!

자, 우리 모두 앞자리에 같이 앉자꾸나.
저 말예요… 지난 밤 아우슈비츠에 관한 책을 읽었는데요

가스실에서 일하던 죄수 몇 명이 저항해서 SS 3명을 죽이고 소각장 하나를 날려 버렸대요.
그래. 그걸로 해서 다 죽었지.

그리고 그 일을 위해 탄약을 몰래 빼돌린 네 아가씨는 우리 공장 근처에 목매달았지.
다 소스노비에츠에서 온 아냐의 좋은 친구들이었는데… 오래오래 매달려 있었어. 휴우.

몇 주가 지나자 더 이상 교수형은 없었다…
그 곳 아우슈비츠도 종말이 다가오고 있었단다.

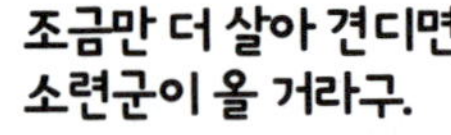

이 친구는 사무실에서 일했기 때문에 소문을 듣고 있었단다.

날 어느 구역의 다락으로 데리고 가더군.

우린 그곳에 옷가지와 증명서까지 갖다 놓고
매일 받는 빵의 반을 모아 두었지.

결국은 폭파하지 *않았지만* 그때는 그걸 몰랐지. 우린 모든 걸 남겨 둔 채 도망쳤어. 두려워서 마련해 두었던 민간인 옷까지 놔두고 올 정도였어!

밤새도록 사방에서 총성이 들렸지. 지치거나 빨리 못 걷는 사람들을 쏘아버린 거야.

낮에는 직접 보기도 했어, 저 앞쪽에서.

누군가 펄쩍 뛰더니 돌고 한 서른 번은
구르고 나서야 멈추는 거야.

어렸을 때 옆집 개가 미쳐서 사람을 물어대고
난리였는데.

그 개도 그렇게 데굴데굴 구르고
버둥거리다가 잠잠해졌지.

다락에 같이 있었던 친구 하나가 경비병에게 말을 건넸어…

종일 준비를 했는데…

밤에 소란이 일었지. 8, 9명이 뛰었는데…

그렇게 해서 우리는 그로스로젠에 이르렀지.

브레슬라우
그로스로젠
폴 란 드
1인치=90마일 축도
독 일
체스토초바
주데텐란트
크라쿠프
체코슬로바키아
아우슈비츠

여긴 가스실이 없는 작은 수용소가 있었어.

독일로 도로 끌려온 수천 명의
죄수들이 사방에서 모여들었고,

온통 고함과 구타가 판을 쳤지. 끔찍했단다!

거기 개자식들!
주방에 가서 국통 들고 와,
두 명에 하나씩이야.
우리 20명을
붙잡더구나.

여기 어떤지 알지?
내 옆에 있으라구!
난 나처럼 아직 힘이
남은 친구를 꼭 붙들었지.

다들 행진해 왔고 먹지 못한
탓에 들 힘도 없었거든.

빨리!
빨리!

뒤쪽에서 커다란 고함소리가 들렸지만 돌아보지 않았어.

이 게으른 놈들! 저 두 놈
뛰어가는 걸 봐!
우린 이걸로 국을 더 얻었지. 그러나 나머지
대부분은 아직 힘이 남았을 정도의 운이 없었지…

아침이 되자 다시 우릴 몰아대면서 행군을 시켰단다. 어디로 갈지 누가 알았겠니…

도시를 지나가게 됐지. 민간인은 하나도 없고 텅 비어 있더구나.

말이나 소를 싣는 뭐 그런 화차였어.

입추의 여지도 없을 만큼 밀어 넣었지.

우린 성냥갑이나 청어처럼 포개지기도 했어.

난 깔리지 않으려고 구석으로 갔단다 …

위쪽에 고기를 걸어놓는 듯한 고리가 보이더구나.

내겐 아직 지급받은 담요가 남아 있었지.

난 누군가의 어깨 위로 올라가서 고리에 단단히 묶었어.

이렇게 해서 한 숨 돌릴 수가 있었지.

그래서 살아남은 거야. 아마 그 칸의 200명 중 25명 정도밖에 살아남지 못 했을 거야.

어디로 가는진 몰랐지만 열차는 움직여 갔지.
그러더니 멈췄는데…

며칠 밤과 낮 동안 계속 서 있는 거야.
먹지도 마시지도 못하고 비명소리만 가득했어.

그러니까 말야. 다들 죽고 기절하기 시작했지…
아야 내 다리! 찔렸다구!
아!
쓰러질 자리도 없었어… 쓰러지면 그 위에 밟고 서야 했지.
그래서 칼로 사람들 발을 찔러댔지만 어쨌든 죽어갔어.

소변이나 대변을 보려면 서 있는 자리에서 일을 봤단다.
먹을 것이 있으면 그래도 먹었으니까.

난 주로 지붕의 눈을 먹었어.

누군가 용케도 설탕을 갖고 있었는데, 목이 탔지.
내 목! 물, 물 좀 줘! 여보게 눈 좀 주게!
난 나 먹을 것만 있다구!

제발! 제발 부탁이야
좋아. 설탕을 좀 주면 눈을 주지…
그래서 나도 설탕을 먹고 그들 목숨을 구해줬지.

죽은 이들에게 빵이 있거나 신발이 나온 것이면 우리가 가졌지…

밖엔 몇 주나 그대로 서 있는 다른 수많은 열차들이 있었어. 어느 열차나 문을 열지 않아서 안에 있는 사람들이 죽어갔고…

그리고는 열차가 다시 움직이기 시작했어…
안에서는 더 죽어갔고 일부는 미쳐버렸지.

우린 나가야 돼! 내보내 줘!
내보내 달란 말이야!
그러더니 다시 멈췄어.

문이 열려서 시체를
내던지려는데…

다 내려!
우린 눈에 보이는 걸
믿을 수가 없었다!

적십자가 있었지!
…
그랬어! 아가씨들이 모두에게 다과를,
커피와 빵을 나눠주고 있었다…

우린 빵이 어떻게 생긴 건지 기억도
못할 지경이었는데, 정말 너무 기뻤단다.

그리고는 다시 죽으라고 열차에 몰아넣더니 여행이 계속됐지…

유럽 전역의 수용소에
있던 수용자 모두를
독일로 끌고 들어온 거였어.
중간에 우린 다하우로 간다는 걸 알았어.

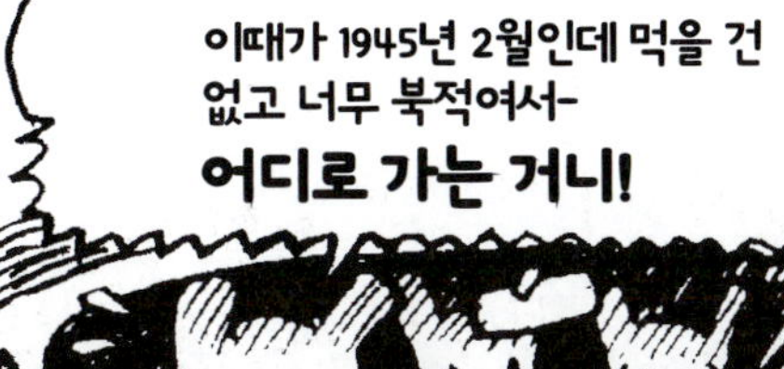

이때가 1945년 2월인데 먹을 건 없고 너무 북적여서-
어디로 가는 거니!

이런! 가게는 바로 저긴데 돌아야 했어!
아휴

됐다. 가자. 식품을 반품시키자꾸나.
아니요! 개봉한 거랑 벌써 일부 먹은 건 반품하면 안돼요.

뭐가 창피하다는 거냐? 난 못 먹는 음식이라구. 그럼 차에서 기다려라. 내가 처리하마.

있죠 … 어머님의 일기장은 틀림없이 양면으로 썼을 거예요.
그래? 난 기억이 안 나는데 왜 그런 얘길 하지?

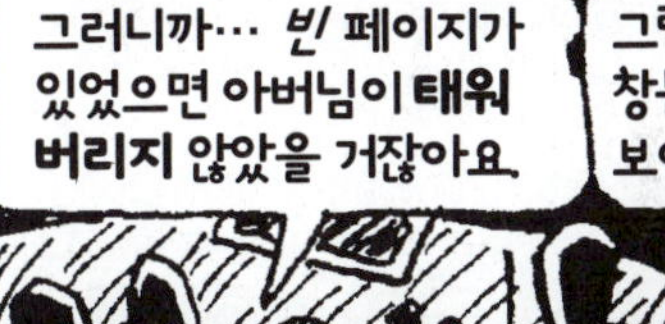
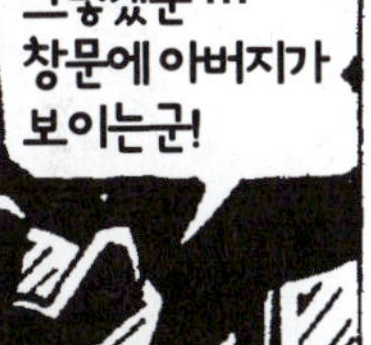

그러니까… 빈 페이지가 있었으면 아버님이 태워 버리지 않았을 거잖아요.
그렇겠군 … 창문에 아버지가 보이는군!

아휴! 아버지와 지배인이 서로 소리 지르고 있어.
지배인이 딴 데로 가버리네요…

아버지가 뒤쫓아 가잖아 …
어째야 할지 모르겠어요

휴우. 난 그런 일을 겪고 사느니 죽어버릴 텐데…
뭐? 식품 반품 말야?

아뇨, 아버님이 겪은 모든 일 말예요. 살아나셨다는 건 기적이에요.
그건 그래. 하지만 어떤 면에선 살아남지 못하셨지.

아무래도 우리, 아버님과 며칠 더 있어야 할 것 같아요.
농담하는 거야?

… 우리가 살아남지 못할 걸.
휴우!

봤지? 교환해서 단 1 달러에 6 달러어치 새 식품을 샀어!
믿을 수 없군요 …

… 우린 가게에서 쫓겨나실 줄 알았어요!

무슨 소릴 하는 거니? 지배인은 아주 좋은 사람이라구…

내 건강 문제와 말라가 떠났다는 것, 또 수용소 얘길 하니까 도와주더구나.
아유. 빨리 타세요 … 다시는 여기에 얼굴도 못 내밀겠어요.

우린 막사에 갇힌 채 볏짚 위에 앉아서 그저 죽기만 기다렸지.

이가 한 마리라도 있으면 수프는 없었어. 그건 불가능했어. 온 천지에 이 투성이었거든!

거기 다하우에서 내 손이 감염됐었지…

난 더 심하게 감염시키려고 애를 썼어…
양호실에 보내 주길 바랐거든.

며칠에 한 번씩 아픈 사람을 파악하러 오던 사람이 있었지…
함께 가라구…

양호실은 천국이라는 얘길 들었거든.
이 연고를 손에 바르고 붕대를 해주라구. 금방 깨끗이 될 거야.
여기선 하루 세 끼를 다 먹을 수 있었고 침상 하나에 환자 둘뿐이었지.
난 그들 마음에 들려고 한 손으로나마 일을 했지.

이상하네. 지금쯤 나았어야 하는데.
난 더 오래 가도록 매일 내 손을 자극했단다.

아야!
자! 다시 벌렸어요!
정말 너무 너무 아팠지…

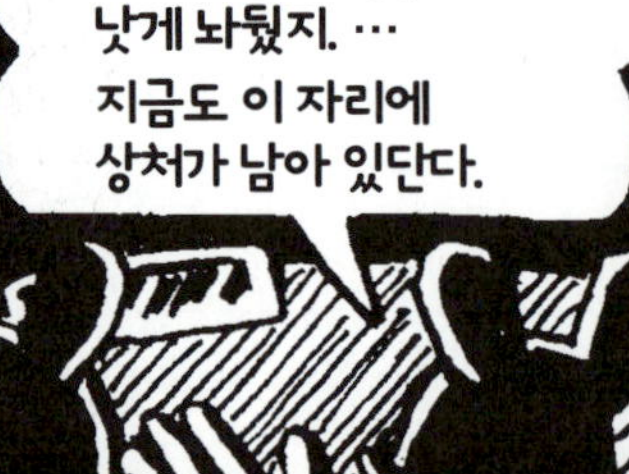

그러다 손이 걱정돼서 낫게 놔뒀지.…
지금도 이 자리에 상처가 남아 있단다.

난 양호실에서 형편없는 막사로 돌아가야 했는데
거기선 종일 바깥에 서 있어야 했어.

그렇게 얘길 나누니까 시간이
더 잘 가더군.

그 프랑스인은 매일 날 찾아왔어…

먹을 것이 생기자 아이디어가 떠올랐어…
쉬, 초콜릿 하나 살래요?
초콜릿?! 내가 백만장자줄 알아?

웃옷과 바꿔 주겠소
내 웃옷 말이야?!
미쳤군. 얼어 죽으라고! 그럼 하루 분 빵도 주라구.
아우슈비츠에선 셔츠가 그리 비싸지 않았는데 여긴 들어오는 물건이 없었어.

난 셔츠를 아주 조심해서 세탁했지.
그리고 밖에다 말렸단다.

운 좋게 종이 한 장을 구했지…
그리고 조심스럽게 포장을 했어.

난 수프를 배식 받을 때만 그걸 꺼냈단다…
그러니까 이가 한 마리도 없는 셔츠였단다!

내 낡은 셔츠는 바지 속에 감추었지. 그리고 새 걸 내보였어.
좋아.
당장에 먹을 걸 주더구나.
블라덱, 당신은 천재야!
그 프랑스인도 셔츠를 하나 마련하게 해서 우리 둘은 늘 수프를 먹을 수가 있었지.

밤엔 화장실을 내려가야 했어. 그런데 복도 전체가 지나
갈 수 없을 정도로 죽은 사람들이 가득 쌓여 있었단다…

머리를 밟고 갈 수밖에 없었는데 끔찍했던 게 살가죽이
너무 미끈거려 넘어질 것 같았거든. 그것도 밤마다였지.

하지만 난 다음 번 양호실 사람이 올 때까지
살아남았어…

양호실에 누웠는데 너무 약해서 움직이지도
화장실에 가지도 못할 정도였어.

빵과 수프가 나왔지만 그걸 먹을 힘도 없었어.…

난 소리 질렀지. 근데 소리를 지를 수가 없었어.

그래서 신발로 두드려댔단다.

그러다가… 열이 내리고, 새로운 일이 일어났어.
잘 들어라! …

건강한 자는 밖으로 정렬해라 …

스위스 국경에서 전쟁 포로로 교환될 것이다.
이게 꿈이었을까?!

그들은 아픈 사람도 내보내고 싶었지만 가다가 죽을 정도로 아픈 사람은 안됐지.
난 너무 허약했지만 내 빵 덕택에 두 친구가 날 도와줬어.

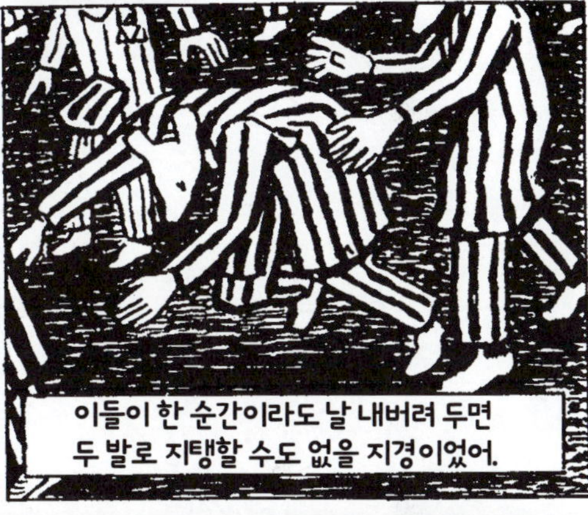
이들이 한 순간이라도 날 내버려 두면 두 발로 지탱할 수도 없을 지경이었어.

하지만 어떻게든 문 밖으로 나왔는데…
헉! 기차다!
이건 소나 말을 싣는 것이 아니라 여객을 싣는 진짜 열차였어. 사람 타는 열차 말이야!

261

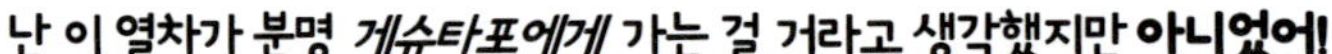

전쟁 때 물건은 전부 내 마음에서 완전히 지워 버리려 했는데… 네가 자꾸 물어서 다시 *쌓아* 올리는구나.
?!

고마워요. 걸어가긴 너무 더운 날씨라서요
MOZ BOZE! CO SIE STACOJEGO ZONIE? CZY ONA ZGLUPIACA?*
*(폴란드 말) 세상에 재 처가 어떻게 된 것 아냐? 돌았구만!!

제 사촌 집이 바로 저 위에요.
PSIA KREW! CHOLERA! TO NIE MOZLIWE, A SHYARTSER SIEDZI TV ZE MNA!*
*(폴란드 말) 이키! 믿을 수가 없군! 여기 검둥이가 앉아 있다니!

조심히 가세요. 잘 지내세요.
아가, 너 어떻게 된 거니? 너 미친 것 아냐? 왜 그런 거야?!

난 저 검둥이가 우리 뒷자리 물건을 훔쳐가지 않는지 계속 지켜봤단다.
뭐라고요?

말도 안돼요! 어떻게 아버님이 인종차별을 하실 수 있죠? 마치 나치가 유태인 얘기하듯 흑인을 대하시는군요
아이구! …

난 네가 이럴 줄은 정말 몰랐다.
검둥이는 유태인과 비교할 수도 없어!

하지만 어떻게 흑인들은 다 도둑질한다고 말씀하실 수 있죠?
그만 하자. 응? 넌 그들을 몰라…

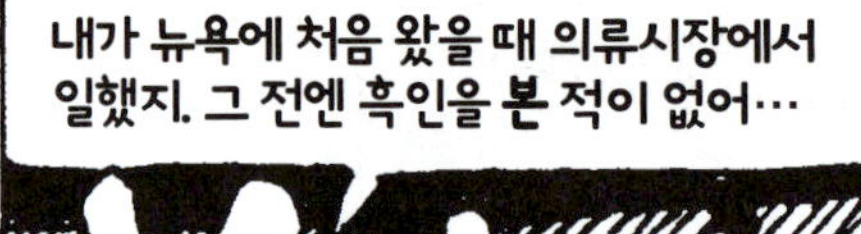

내가 뉴욕에 처음 왔을 때 의류시장에서 일했지. 그 전엔 흑인을 본 적이 없어…

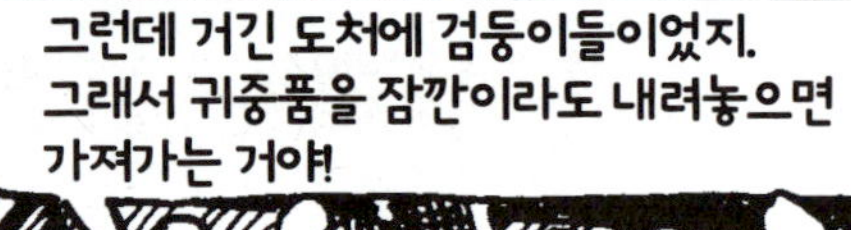

그런데 거긴 도처에 검둥이들이었지. 그래서 귀중품을 잠깐이라도 내려놓으면 가져가는 거야!

하지만, 아버님은
잊어버려, 여보… 방법이 없어.
그래! …

그냥 잊는 게 좋겠구나.

이야… 봐라, 얘들아. 벌써 즐거운 우리 집에 다 왔어.
…이제 새로 산 것들로 맛있는 점심을 만들어야지.
네가 태운 검둥이가 안 가져간 걸 감사할 뿐이라구.
코스모폴리
방갈
코스모폴리
방갈

넷 · 구 원 되 다

다시 레고 파크에 돌아 온 늦가을 …

난 늘 아꼈다…

난 노년을 대비해서 아꼈을 뿐이란다.

그런데 노년에 들어서서 내가 가진 걸 한 번 봐라…

산소통에다 너무 약한 심장에다 당뇨병까지 더 이상 혼자서는 살 수가 없어.

방이 아주 많잖니? 너희들이 여기 와서 살면… 세도 내지 말고 여기서 같이 살자꾸나.
아뇨! 그건 절대로 불가능한 일이에요.

그럼, 아티. 내가 어떻게 살아야 할지 말해 봐라! 요양원에 가는 건 안 된다.
상주 간호사를 두세요. 여유가 되시잖아요.

하지만 여자가 나하고 사는 걸 보면 이웃들이 뭐라겠니?
뭐라고요?? 그럼, 남자 간호사를 고용하죠!

그래! 너와 말라는 말이야. 돈을 벌 줄은 모르고 사라지게 할 줄만 알아!

내가 말라에게 그 여자 명의로 10만 달러를 주면 여기 와서 살 거다. 이게 네가 하고 싶은 말이지?
아버지께 달렸죠.
ㄷ

난 단지 내 자신을 어떻게 간수할지 모르겠구나. 네 방에 나를 보살펴 줄 세입자를 들일 수도 있겠지.
예, 예, 그러시겠죠.

그래… 가자! 새로 산 이중창이나 위층에 올려다 놓자꾸나.
이런, 이야기를 더 해주실 줄 알았는데요…

그 이야긴 나중에 할 수 있잖니. 난 벌써 춥구나. 이중창이 없으면 난방에 돈이 더 들거든.
휴

예전에는 창문을 끼는 데 도움이 필요 없었지.
보세요… 제가 할 테니 우선은 어머니 이야길 더 해보세요.

아냐? 뭘 말하라는 거냐? 어딜 봐도 아냐가 보이는데…

좋은 쪽 눈으로도, 내 유리 눈으로도 감고 있든 뜨고 있든 늘 아냐를 생각하지.

예, 그러니까 다하우에 계실 때 어머니가 어디 계셨죠?

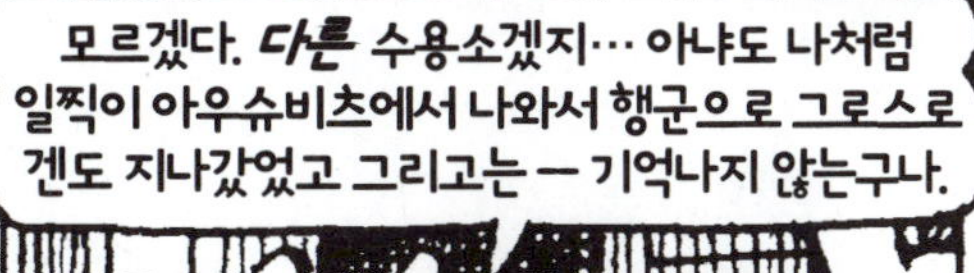

모르겠다. 다른 수용소겠지… 아냐도 나처럼 일찍이 아우슈비츠에서 나와서 행군으로 그로스로젠도 지나갔었고 그리고는 — 기억나지 않는구나.

내가 다하우를 떠난 때는 전쟁 막바지였지.

우리가 스위스 적십자사로부터 보물 상자를 하나씩 받았던 게 기억나는구나. 정어리에다 비스킷, 초콜릿까지 말이야!

그런데 밤에 누군가 훔쳐 가려고 하지 않겠니…

티푸스 때문에 아직 충분히 쉬어야 했지만 내겐 이 보물이 잠보다 더 소중했지.

모두 나와!
5열 종대로 서라!
여기가 기차 여행의 끝이었어.
우린 여기서부터 걸어서 전선까지 가야 했지…
전부가 다 지옥으로 변한 건 아니란 걸 알았지.
아직도 살아 있는 것들이 남아 있었던 거야.

행군하다 멈춰서는 몇 시간이고 서 있었지.
(무슨 일이야?)
(우릴 다시 다하우로 데려 간대!)
(아냐, 아냐. 미군이 오고 있대.)

소란이 일고 웅성거리더니 누군가 소리쳤어.
전쟁이 끝났다!
끝이 난 거야.

모두 철도로 걸어가! 빨리!

우릴 놔주는 대신 화물 열차에 집어넣는 거였어.
옆 도시 미군들이 와서 너희를 데려갈 거다.
이 기차엔 경비병이 타지 않았어. 그래서 이젠 정말 끝났다는 것을 알았지.

삼십분쯤 지나 열차가 멈췄지.
이봐, 아직 미군이 안 오는데.
뭘 기다려? 가자구!

일부는 이리 가고 일부는 저리 갔지…
어디로 갈 줄 몰랐던 거야.

서라! 서지 않으면 쏜다!
갑자기 독일군 정찰대가 나타났어!

그들은 자유롭게 되려던 우리 모두를 붙잡았지.
한 150명 내지 200명 정도를 숲 속 호숫가에 잡아 놨단다.
무슨 일이 벌어지는지는 알 수 없었지만 여기서 또 다시 독일군 손에 들어가게 된 거야.

그들이 지키고 있어서 달아날 수가 없었지.
우리 주위에 기관총이 세워져 있어!

우리가 엿들었는데 오늘 밤 바로 이 자리에서 우리 전부를 죽일 계획이래!

오후 늦게 물가 쪽으로 갔단다…
블라덱 슈피겔만, 너 맞지?!
쉬베크?! 살아 있었어?
쉬베크는 소스노비에츠 근처의 베드친 출신으로 전쟁 전부터 알던 친구였어…

다 겪고도 살아남았는데 전쟁이 끝나는 판에 총살당하는구나!
내가 마련해 둔 커피가 조금 남아 있어. 마지막으로 한잔하자구.

저기다! 잡아!
풍덩
나이 든 사람이, 한 50쯤 됐을 거야. 호수에 뛰어든 거야.

탕탕!
해냈어! 자넨 해볼 힘 있나?
물가에만 있으라구, 정말 쏘기 시작하면 언제든지 뛰어들 테니까.

그렇게 밤이 왔다. 우린 너무 무서웠지. 그저 앉아서 기다렸단다.

울거나 기도했어. 끝까지 살아남았는데 이젠 어쩔 도리 없이 쏘기만을 기다리고 있었으니 말이야.

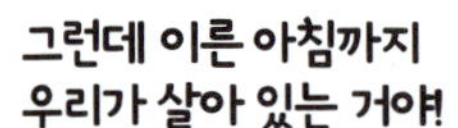

그런데 이른 아침까지 우리가 살아 있는 거야!

그들이 갔어!

기적이군! 독일군은 하나도 없고 총만 남아 있어!
무슨 일이지?
내가 대장 텐트 옆에 있었는데 자기 애인과 말다툼을 하더라구.

그 여잔 우릴 놔주라는 거야. 대장에게 처벌받을 거라고 경고하더라구.

"전쟁은 끝났어요. 우리 도망가요" 라고 그 여자가 울부짖었지. 그녀가 우릴 구한 거라구.

다시 우리 가운데 일부는 이 길로 일부는 저 길로 갔지.
여기 농장에서 먹을 걸 얻을 수 있을 거야.
정 지!
가는 길에 또 유태인을 잡는 정찰대가 있었어.

그래서 또 똑같은 일을 겪게 됐지.
모두 40에서 50명 가량이 잡혀서 큰 헛간에 갇혔지.

우린 헛간을 보고 다가갔지…

하루 꼬박 거기 숨어 있는데 독일군 둘이 온 거야.

그들은 너무 황급히 달아나느라 그런 이야기를 들을 정신이 아니었지.

그리고 몇 집을 지나쳐서 어떤 집 안을 들여다봤더니…

이 집의 한쪽은 헛간이었어.

벽 쪽에서 소리치는 소리가 들렸어.

그 헛간 가까운 곳에 폭탄이 떨어졌던 거야.

난 혼자서 빈 집에 들어갔어.

헉, 우유다!

꿀꺽! 꿀꺽!
하도 오랫동안 마셔 대서 언제 멈췄는지도 모르겠구나!

이제 안전하다고 했지! 우유를 가져왔어!
우유!

우린 둘 다 우유를 정말 실컷 마시고는 밖을 둘러봤지.
야! 닭이다!
쉬베크는 농촌 출신이었거든. 그는 날마다 닭 한 마리씩을 잡고 젖소에게서 우유도 짜냈지.

내가 닭 꿈을 꿨었거든.
이봐. 위층에서 옷을 찾았어. 이젠 줄무늬 옷은 버려도 돼.
꼬꼬댁!

자! 이제 다시 사람 같아 보이는구나!
나도 그래. 단지 꼭 - 구역질이 나는 것만 빼놓고 말이야.

며칠 몸이 안 좋은 상태로 누워 있는데 미군들이 왔어…
손 들어! 신분을 밝혀라!
우리 위가 우유와 닭을 먹고 충격을 받은 거였어. 우린 심한 설사를 했지.

275

난 우리가 어떻게 여기까지 살아남았는지 모두 이야기했지…
… 그리고 다하우에서 우리가 기차로 와서
어!
꽝 탕!
저건 우리 병사들이 독일군이 숨겨둔 탄약을 발견했다고 신호하는 거요…
독일군들은 더 이상 당신들을 해치지 못해요. 남아 있는 자들은 이미 죽었거나 죽는 중이니까.
이 집은 우리 진지의 일부로 쓸 거요.
하지만 화장실을 치워 주고 우리 침구를 정리해 준다면 여기 있어도 될 것 같은데.
초콜릿 좀 들겠소?
아, 아, 고맙습니다만 나중에요.
그래서 우린 미군들을 위해 일했는데 내가 영어를 할 줄 알아서 좋아들 했지.
광내줘서 고마워요, 윌리.
천만에요, 중사님. 그런 말씀 마세요.
그들이 우리에게 통조림과 선물을 줬고 날 윌리라 불렀지.

한 번은 어떤 여자가
헌병과 함께 찾아 온 거야.

저 두 유태인 도둑을
체포하세요!

저 사람들이 제 남편
옷을 훔쳤어요!
우린 우리가 어떤 옷을
입었는지도 몰랐어요!

도둑놈들!
윌리, 돌려 줘야 할
것 같소
내가 그랬지 "그럼
가져 가라죠. 우린
가방으로 세 개나
있거든요"

아이구! 시간 좀 봐라! 이제
서둘러 창문을 달아야겠구나!

그리고 잊기 전에 말인데,
네가 보면 좋아 할 박스
하나 주마.

잃어버린 줄 알았
다만 내가 보관 잘
하는 걸 알잖니!
어머니
일기군요!?

아냐, 아냐! 그 이야긴 더 할 것 없다.
그건 없다구. 끝난 거야!

한데 내 옷장 밑에서 이
사진들을 찾아냈어. 어떤 건
폴란드에서 온 것도 있다.
고맙군요

가자. 창문을
닫고 보려무나.
이 분이
헤르만
외삼촌인가요?

그래, 아냐의 큰오빠였지. 로츠에서 집안의 양말 공장을 운영했어.
네 외삼촌과 외숙모는 1939년에 세계 박람회를 보러 갔다가 전쟁이 나서 미국에 계속 머물렀지. 우린 1950년 네가 애기였을 때 스톡홀름에 있다가 외삼촌네로 왔단다.
헤르만·헬라·로츠에서 1928
난 오히려 스웨덴에 머물고 싶었지. 사업이 잘 됐거든. 하지만 아냐는 가족 중에 유일하게 살아남은 사람과 같이 있고 싶어 했어.
그래서 헤르만이 1964년 뺑소니 교통사고로 죽고 나서는 아냐도 조금씩 죽어 갔지.
헤르만 노리스타운 PA.에서 1957
그리고 이건 그 두 애들인 롤렉과 로니아인데 전쟁 중에 소스노비에츠에서 우리와 함께 있었지.
네가 알듯이 롤렉은 그 때 아우슈비츠에서 살아 남았고 지금은 엔지니어이자 유명한 대학교수이지.
여동생인 로니아는 게토에서 리슈와 함께 죽었어.
롤렉·헬라 1946
아냐의 막내오빠인 요셉은 간판을 그리는 상업 예술가였는데 아냐는 늘 네가 막내 오빠를 빼 닮았다고 말하곤 했었지.
요셉과 로츠에서 1934

그는 로츠에 애인이 있었는데 미인이었어. 그 여잔 돈과 나이트클럽을 좋아했다구. 그런데 독일인들이 외가집 공장을 빼앗았잖니.
그래서 돈이 없게 되자 그 여자가 떠났고, 요셉은 자살했지.
요셉 + 소니아 1939
작은 오빠인 레벡은 전쟁이 나자 처와 함께 소련으로 도망쳤는데 그 곳에 가보고는 다시 도망쳐오려 했어.
소련으로 도망쳤던 사람들은 반역자라고 시베리아에 보냈기 때문에 다시 여러 국경을 건너 빼돌리려면 엄청난 돈이 들었지. 내가 돈을 좀 보냈어 …
1938년에 내가 공장 때문에 돈이 필요했을 때 그가 보냈거든. 그래서 이번엔 내가 바르샤바에 있는 그의 처갓집으로 돌아올 수 있도록 도와줬지.
레벡 . 소스노비에츠 '27
하지만 바르샤바가 어땠는지 알지? 소련에만 머물러 있었어도 지금쯤 살아 있을 수 있었을 거야.
아냐의 부모님, 조부모님, 큰 언니 토샤, 비비와 우리 리슈… 남은 건 사진뿐이란다.

아버지 쪽 가족들은 어떻게 됐어요?
내 쪽?… 우리 아버지와 펠라 그리고 누이의 네 아이는 1942년에 끌려갔다고 했잖니?
내 누이 동생들인 초샤와 야다는 애가 하나씩뿐이어서 나와 함께 게토에 들어 갔다가 나중에 모두 아우슈비츠에서 죽었지.
나와 가장 가까운 형제였던 마르쿠스와 모세는 내가 군대에서 빠져 나온 직후 수용소로 갔지.
내가 적십자를 통해 돈을 보냈단다 … 빵 속에 숨겼지.
편지에 "이 빵은 비싼 거니까 천천히 조심해서 들어요"라고 썼지. 전쟁이 끝나고 만났던 어떤 사람이 두 사람이 죽는 걸 봤다는데 자세히는 이야기하지 않으려고 하더구나.
내 다른 형제인 레온과 피넥은 폴란드 군에서 도망쳐서 소련의 렘베르크로 갔지…
유태인 농부 가족이 그들을 안전하게 숨겨줬고, 피넥은 그 집안 식구와 결혼했어. 한데 레온은 아팠지. 의사들은 티푸스라고 했지만 사실은 급성 맹장염으로 죽었단다.
사라 + 피넥. 텔아비브 1963
그러니까 내 동생 피넥만이 전쟁에서 살아남은 거지… 나머지 가족들에게선 아무것도 남지 않았어. 사진 한 장도 말이야.

이 사진들은 리슈의 폴란드인 여자 가정교사에게서 얻었어. 우리가 그녀에게 전쟁이 끝날 때까지 갖고 있으라고 귀중품들을 맡겼거든.

나중에 그 여자가 "나치가 귀중품을 전부 빼앗아 갔어요." 라고 하지 뭐냐. 우린 믿지 않았지. 어쨌든 사진만은 돌려주더구나.

이걸 가져가도 될까요?
그래, 네게 준거야. 그런데 잠깐! 봉투에 넣어 줄게.

그 시가 박스는 내가 쓸 데가
아후!

휴! 봤지! 내 약은 바로 듣는데 말이야. 말을 너무 많이 했어. 좀 누워야겠다.

음, 이중 유리는 어떻게 하죠?
너 혼자서는 할 줄 모르잖니. 그런데 난 지금 너무 피곤해. 내일쯤 해보자꾸나.

그럴 순 없어요. 전 너무 바빠요! 다음 주에나 다시 올 거라구요.
아, 그럼 지금 해야겠구나. 아!

그러다 또 한 번 심장마비를 일으키시게요? 보세요. 며칠 난방비 좀 더 내면 되잖아요.
아이구!

너, 너무 말을 많이 하시게 해서 죄송해요, 아버지.
그래, 괜찮다 얘야. 네가 와주는 게 늘 기쁠 뿐이다.

The SECOND
HONEYMOON

겨울이다…

커피 좀 들래요?
토샤가 그랬지, "안 돼! 난 가스실엔 가지 않겠어! 우리 애들도 가스실엔 안 가 —"
찰칵
물론!

이 봐, 지금 아버지 얘기가 테이프로 20시간이 넘어. 아버지가 플로리다로 도망쳤을 때까지가 막 끝났어.

한 번도 전화 하시지 않았는데. 별 일 없으셨으면 해요.
말라가 거기 있거든. 아마 두 분이 만나서 서로 끝장냈을 걸.

사실, 두 분의 싸움으로 아버님이 지탱해 가시는 것 같아요. 말라가 떠난 뒤론 절망과 광적인 에너지의 기이한 결합 상태를 보이셨으니까요.

아버질 어떻게 하지? 절대 레고 파크로 가서 함께 살 수는 없잖아!
아버님을 여기로 모셔올 순 있죠.

정신 나갔어? 아버지 심장으로는 우리 4층짜리 계단을 견뎌낼 수가 없다구. 여기선 최고 명물인데 말야.
거기다 만약 그러자 그러시면 어떡해!

글쎄요…당신에게 달렸죠 … 당신 아버님이시잖아요.
그만해! 난 이미 충분히 죄책감을 느꼈으니까!

좋아요. 그러면 다 해결됐네요!
난 아버지랑 말라가 대충 화해하고 다시 서로에게 불행을 안겨주길 바래.

찰칵
"우리 애들도 가스실엔 안 가."
그러더니 토샤는 자신뿐 아니라
우리 어린애들에게도 극약을 먹였지.
따르릉 따르릉

여보세요. 말라?
우리 방금 — 예?
무슨 일이죠?
난 어떻게 해야 할지
모르겠어. 아버지가
성 프란시스 병원에 계셔.
툭

한 달 동안 세 번짼데, 폐에
물이 찼어! 자넬 걱정시키지
말라고 했지만 심각하다구!
휴,
어디
세요?
콘도야. 훌쩍. 나 그
양반에게 돌아와
있거든. 왠지는 몰라!
예, 알겠어요.
병원에 전화하고
다시 전화 드릴게요.

여보세요, 성 프란시스 병원
이죠? 슈피겔만 씨와 통화할
수 있습니까? …환잔데요…
네?… 확실합니까?

?

여보세요, 말라?
병원에서 아버지는
등록되어 있지도
않다는데요?
알아…
지금 막 여기
오셨다네!

의사의 권고를 무시하고 병원에서
뛰쳐나왔대. 여기 의사들은 못 믿겠다는
거야… 미쳤어. 마치 유령 같애!
찰칵

자기가 다니던 뉴욕 병원에 가고 싶대.
만약을 대비해서 자네 곁에 가까이 있으려는
것 같애. 큰일 나시겠어. 난 어떻게 할 수가
없어. 와서 좀 도와줘!
쩝.

플로리다

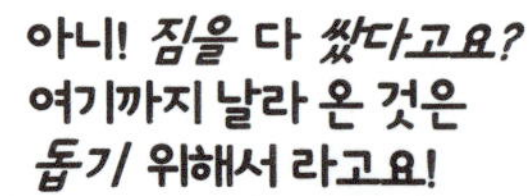

아니! 짐을 다 쌌다고요?
여기까지 날라 온 것은
돕기 위해서 라고요!

쉿! 자네도 알지만 누가
아버지 고집을 막을 수 있겠어?
지금 아버진 완전히 탈진상태야.
나도 그렇고.
끄응.

아, 아버
지 어떠
세요?
형편없어.
너무 약하지,
너무 약해.
내일 비행기에
구급 산소통
준비시켰나?

예, 예, 아버지랑 절 J. F. K 공항에서
라과르디아 병원까지 싣고 갈 구급차도
있어요. 제가 입원시키는 사이에 아내가
말라를 집에 태워다 드릴 거예요.

두 분은 어떻게
다시 합치셨죠?
모르겠어. 병원에서
전화가 왔는데 안됐더라구.
그래서 가봤지.

다신 그 양반을 보지 않겠다고
맹세했는데. 내가 바보지 뭐.
내 얼굴이 질리도록 이야기를
하더라니까. 그래서 온 거라구.
말라,
말라!
빨리 와!

아냐는 성인이었나
봐! 자살한 것도
이해가 가지.
말라,
부르시
는데요.

좌변기 말이야. 소변보는
데 넘치지 않는지 봐 달라는
거지. 정말 힘들다네.

게다가, 이젠 더 정신이 없고
의지를 하셔… 어떻게 해야
하지? 난 꽉 붙잡혔어.

이튿날 아침…

마침내 다 됐군요.
어휴! 한 시간 싸고, 네 시간은 아버지가 다시 풀어서 다시 싸셨어요!

좀 어지럽구나. 나가서 맑은 공기 좀 쐬야겠다.
가시구려. 난 떠나기 전에 오빠에게 전화로나 인사해야겠어요.

휴우, 몇 년 전에 이곳에서 말라에게 훈제 연어를 사주려고 외출을 했었지. 지금처럼 현기증이 나서 나무를 움켜잡은 채 쓰러졌었다…

사람들이 날 볼 수 있는 쪽으로 기어갔지만 아무도 안 나타나는 거야. 간신히 한 사람이 도와줬지.
이야, 햇볕이 참 좋군요.

그래, 근처에 있는 고속도로와 공항 때문에 너무 시끄럽기는 하지. 저 봐라, 아티, 하늘에 저 작은 비행기 보이니?…
아, 예.

저런 작은 비행기를 타고 1946년에 폴란드에서 스웨덴으로 갔단다. 우리 피란민이 한 10명 됐지…

전엔 비행기를 타 본 적이 없었지. 다른 사람들은 겁을 냈지만 난 곧바로 비행기에 올랐단다…

내가 그랬지 "자, 걱정 말아요. 추락하라면 하라죠. 최소한 폴란드는 벗어나게 될 테니까!"

하지만 그 땐 지금하고 달리 *힘이 좋았지.* 또 더 나은 사업을 시작하려고 애썼단다.

거기 백화점 하나를 유태인이 가지고 있었어. 난 그를 찾아갔지…

288

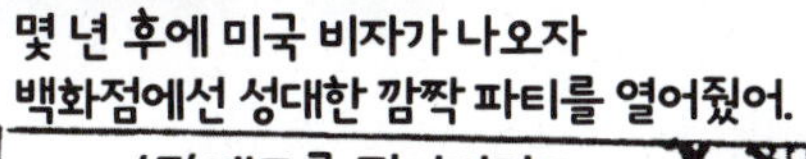
몇 년 후에 미국 비자가 나오자 백화점에선 성대한 깜짝 파티를 열어줬어.

그날 밤 늦게…

우리 환자 손님께서 내리실 때까지 자리에 앉아 계시기 바랍니다…
끙.
J.F.K.

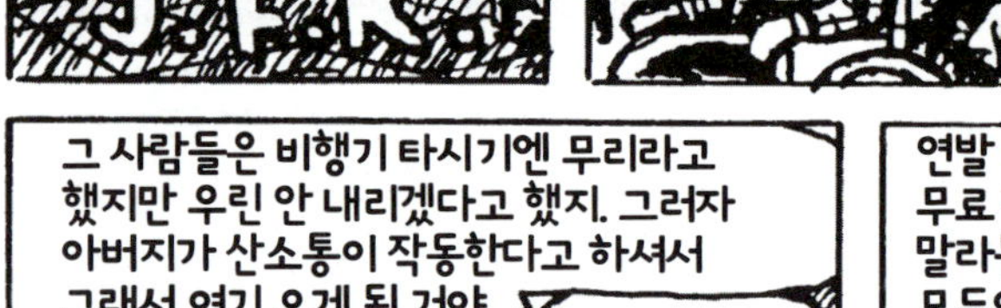
그러니까 탑승하기 전에 6시간이나 지체했고 그러자 아버진 산소통이 작동되지 않아서 숨을 못 쉬겠다고 내내 불평하시고…
승무원이 점검해 보더니 이상이 없다고 하는데도…

그 사람들은 비행기 타시기엔 무리라고 했지만 우린 안 내리겠다고 했지. 그러자 아버지가 산소통이 작동한다고 하셔서 그래서 여기 오게 된 거야.
늦어질 거라구 전화로 알려줘서 괜찮았어요

연발 비행기 승객을 위해 무료 전화를 설치해 놨어. 말라는 미국에 있는 아는 사람 모두에게 전화를 했다구.
그게 다 블라덱에게 *배운* 거야!
TAXI

반시간 후 …

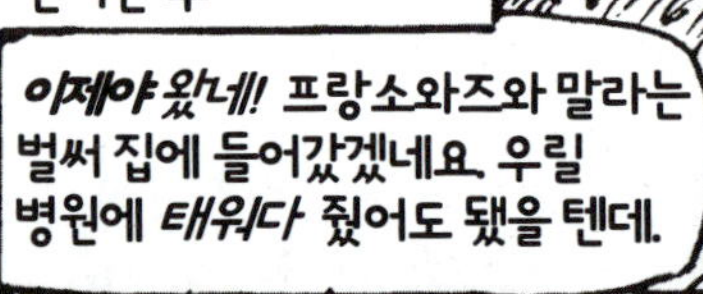
이제야 왔네! 프랑소와즈와 말라는 벌써 집에 들어갔겠네요. 우릴 병원에 *태워다* 줬어도 됐을 텐데.

애애애앵
걱정마라. 구급차도 보험에서 나오는 거야.

실례합니다. 아프시긴 하지만 *들것은* 필요 없을 것 같은데요.
규정입니다.
아, 예. 라과르디아 병원이 어디죠?
쭉 가서 내가 말하면 오른쪽으로 돌아요.
애 앵
선생님 고맙습니다만 그만 들것에 누워 계시죠.

라과르디아 병원…

아함. 오래 걸릴까요?
검사는 끝났어요. 안에 들어가셔서 부친과 함께 의사 선생님을 기다리시죠.

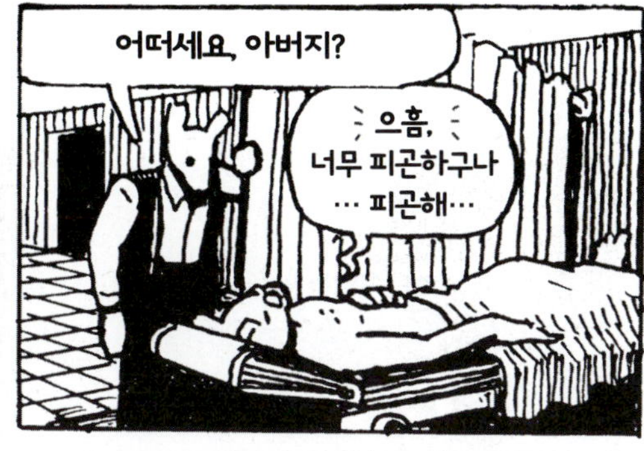
어떠세요, 아버지?
으흠, 너무 피곤하구나 …피곤해…

오래 걸려 죄송합니다. 하지만 선생님이 부친의 상태에 대해 얘기한 것 때문에 완전하고도 광범위한 검사를 실시하느라…

플로리다에서 부친이 드신 약 덕택에 폐 속의 수분 양도 적절하고 심장도 괜찮은 것 같습니다…

아버님을 집으로 모시고 가셔도 되겠습니다. 기쁘시죠?
뭐라구요?!

어, 위험한 상태라면 며칠 더 두고 보아야 하지 않을까요?
그 분은 입원까지는 필요 없습니다.

저, 의사 선생님이 괜찮으시대요. 집에 가셔도 된답니다.
그래? 그럼 말라와 난 이 곳 레고 파크에서 올해를 보낼 수 있겠구나.

하루에 수백 달러씩 내는 플로리다의 병원보다야 여기/ 내 의료보험 병원에서 이상이 없는 쪽이 더 낫지!

한 달쯤 후 …

아티, 너무 오래간만이구나.
플로리다에서 옮겨오던 날의 기억을 잊을 시간이 필요했어요… 별 일 없죠?

그래, 우린 이 집을 팔고 저 아래로 옮기려고 그런다.
아버지가 동의하셨다니 놀랍군요. 이 집에 무척 애착을 느끼시던데.

아버진 좀 어떠세요?
맥이 빠지셨어. 감당하긴 더 낫지만, 어쨌든 그리 좋지는 않으셔.

혼란스러우신가 봐. 지난주에 은행에 갔다 돌아오는 길에 길을 잃었지 뭐야! 어쨌든 안에서 쉬고 계셔.

집을 파신다면서요?…
그래? 평온을 바랄 뿐이다. 말라가 플로리다를 원하면… 그래, 플로리다로 가지 뭐.

어서 앉으렴. 널 보다니 놀랍구나!
예? 왜요! 어제 전화로 온다고 했잖아요.

전화했다구? 기억에 없는데.
나머지 이야기를 녹음하러 왔어요. 괜찮으시면 말이죠.

전쟁이 막 끝났을 때의 일을 알아야겠는데요…
전쟁, 그래, 그건 아직 기억하지.

그래서 명령이 내려 왔어…

우리 모두 가르미쉬-파르텐키르헨으로 옮겨갔지.

난 여러 날 동안 심하게 아팠지.

일 년이 지나서야 난 그 때 티푸스뿐만 아니라 당뇨도 앓았다는 것을 알게 되었지.

이 난민 수용소에서 난 편하게 지냈어…

쉬베크는 폴란드말도 못하고 그저 이디시어만 했지.

마침내 여행증명서를 손에 넣자 우린 물건을 다 챙겨 떠났지.

열차는 가다 서다 하면서 자주 방향을 바꾸곤 했지…

뷔르츠부르크라는 곳에 도착했는데, 세상에! 말이 아니었어!

우리는 흡족해서 떠났지.

294

멀지 않은 곳이라 며칠 예정으로 벨젠에 갔지.
어느 아침 한 떼의 사람들이 도착했는데, 그 중엔 고향에서 좀 알던 아가씨 둘도 있었어…

겔버 씨네 기억하시죠?
소스노비에츠에서
큰 빵집을 했던…

"아들 중 하나가 살아남아서 집에 돌아왔는데…"
무슨
일인가?
여긴 우리 집인데요.
전 겔버구요!

히틀러가 너희를
다 끝장낸 줄 알았는데!

꺼지라구, 유태인!
여긴 이제 우리 집이야!
쾅!

"어떻게 할 줄 몰라 집 뒤의
헛간에서 밤을 지샜는데…"

"폴란드인들이 들어와선 때리고 목을 매달았어요."
"…이러려고
살아남은 거죠."

그의 형이 하루 뒤에
수용소에서 돌아와서
겨우 묻어줬대요…
그만요! …
더 이상 듣고
싶지 않아요.
말해 봐요
아냐에 대해
들은 게 있나요?
내가 봤어요. 아냐는
재산을 되찾으려고 하지
않았기 때문에 폴란드인들이
그냥 놔두더라구요.

아냐가 살아 있다니! 심장이 쾅쾅 뛰었지! 믿을 수가 없었어!

아냐는 소스노비에츠에서 완전히 혼자였던 거야…
미안해요, 아냐. 새로운 소식이 없어요…
매일 그녀는 유태인 기관에 나가 물어보고는, 매일 울었지.

나중에 이야기해준 건데 한 번은 집시한테 갔었대…
FORTUNES
아냐는 어리석은 짓인 줄은 알았지만 희망이 필요했거든.

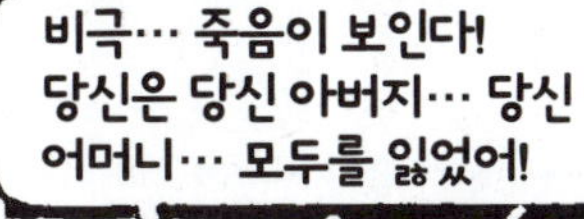
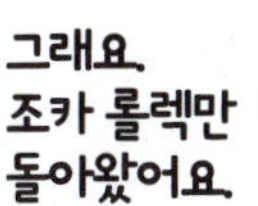

비극… 죽음이 보인다! 당신은 당신 아버지… 당신 어머니… 모두를 잃었어!
그래요 조카 롤렉만 돌아왔어요.

아이가 보여… 죽은 아이가…
리슈! 우리 아기, 리슈, 훌쩍.

잠깐! 이제 남자가 보여… 아파… 당신 남편이군! 그 동안 아주 아팠어…

그가 와. 집으로 오고 있어! 보름 즈음엔 그가 살아 있다는 표시를 얻게 돼!

배가 보여… 먼 곳이야… 새로운 인생이 있을 거야… 또 다른 아들도

아냐는 유태인 단체에 하루에도 몇 번씩이나 갔단다…
하지만 내 소식은 없었어.

그래서 더 우울해져서 집에 앉아 있는데…
따따따

아냐! 좋은 소식이에요! 당신 남편에게서 막 편지가 왔어요!

독일에 있군요… 티푸스에 걸렸대요. 집시가 말한 그대로군요

또 여기 그 사람 사진이 있어요! 세상에, 블라덱이 정말 살아 있어!

언젠가 수용소 복장을 갖춰 놓고 기념사진을 찍어주는 사진관을 지나간 적이 있었지…
아냐가 이 사진을 늘 보관해서 지금 내 책상에 있단다! 어? 어딜 가는 거냐?
그 사진이 필요해요!

믿을 수 없군요!
그래. 아냐가 *살아 있다는* 소식을 듣곤 소스노비에츠로 돌아가려고 다 그만 두었지.

선물을 사려고 물건들을 바꿨단다.
이것 봐! 아냐에게 줄 옷과 모피를 샀어.
자네가 폴란드에 가면 나도 가겠네!

우린 때론 걸어서, 때론 기차로 갔지.
폴란드로 가는 *철도는* 곳곳이 끊어져 있었거든.

어느 곳에선 몇 시간이고 멈춰 서 있었어.
우리 짐을 지키고 있게. 물통을 채워 올 테니.

난 우리 열차를 봐뒀지만 돌아왔을 땐 다른 길로 가버리고 없었어.
쉬베크?!
내 친구와 짐을 찾을 수가 없었단다. 내겐 셔츠 하나와 물밖에 없었지.

쉬베크는 날 찾으러 하노버로 돌아갔었대…
…하지만 난 오로지 폴란드로만 갔지. 3, 4주쯤 걸렸단다.

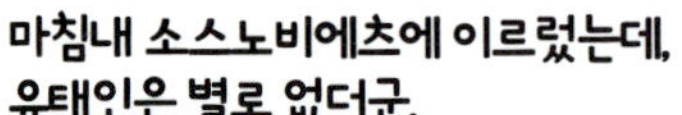

마침내 소스노비에츠에 이르렀는데,
유태인은 별로 없더군.

하지만 유태인 단체가
있는 곳을 알아냈다.

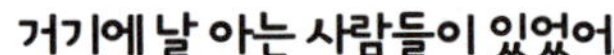

거기에 날 아는 사람들이 있었어.

누가 왔는지 봐요!
누가 가서 아냐를 찾아서
당장 데리고 와요!

그래서 누군가가 아냐를 찾아왔지…
헉!
브, 블라덱!
그 순간 우리 주위의 모두가
우리와 함께 울었단다.

아냐, 아냐,
나의 아냐!
더 이상 얘기할 필요 없겠지. 우린 너무
행복했고 이후로도 너무 행복하게 살았어.

그래서… 이젠 그만하자,
네 녹음기 말이다…
말을 해서 피곤하구나, 리슈 …
지금으로선 이 정도면 충분하지?…
슈피겔만
블라덱
1906.10.11
1982.8.18
아냐
1912.3.15
1968.5.21
— art spiegelman — 1978-1991

아트 슈피겔만의 자화상.

아트 슈피겔만은 수백 번의 스케치와 독특한 기법으로 강력한 이미지가 담겨 있는 장편만화 〈쥐〉 (원제 : *Maus*)를 한 권의 책으로 엮었다.

글쓴이/ 조엘 개릭

고양이가 최근에 아트 슈피겔만 가족의 새 식구로 되었다는 사실은 정말로 아이러니컬하다. 나는 월트 디즈니 이래 쥐의 모습을 형상화시키는 데 그 어느 미국인보다 열심히 노력했던 사람의 집에 애완용 고양이가 있으리라곤 전혀 상상도 못했다.

아트 슈피겔만은 〈쥐〉; 한 생존자의 이야기'를 집필한 창작 예술가이자 만화가이며 베스트셀러 작가이자 역사가이다.

〈쥐〉는 '유태인 대학살'을 소재로 한 만화책이다. 얼핏 보면 아무런 상관도 없을 것 같은 이 두 가지 소재의 연관성을 설명하느라, 전국의 비평가들은 여러 가지 형이상학적인 표현을 동원해야 했다. 미키 마우스로 사악한 나치즘을 설명할 수 있다는 자세로 말이다. 이 책을 처음 펼쳐 든 독자들은 잠시 당혹감에 휩싸이게 된다. 그러면서 천천히 내용 속으로 빠져 든다. 아마 이것은 아트 슈피겔만이 새롭게 창출한 예술 형식 때문일 것이다. 1986년 12월 8일, 전미 도서비평가협회는 〈쥐〉를 그 해의 베스트 25권 가운데 한 권으로 지명했다. 만화책이 문학서적과 나란히 그 해의 베스트로 열거될 수 있었던 것은 이 책이 비평가들의 호평은 물론이고 그만큼 대중적인 인기를 누렸기 때문이다.

아트 슈피겔만은 아우슈비츠의 생존자인 부모님 사이에서 태어난 만화가로, 〈쥐〉는 그의 일생일대의 작품이다. 그래서 다른 위대한 예술작품들이 그렇듯이, 이 작품 역시 이야기 전개와 표현 양식에서 그 솔직함이 돋보인다. 〈쥐〉에는 두 가지 성격이 담겨 있다. 우선, 아트 슈피겔만이 아버지와 자신의 관계를 묘사했다는 점에서 자서전의 성격이 담겨 있다면, 아버지의 생생한 추억을 통해 유태인의 대학살을 묘사했다는 점에서 회고록이라 할 수 있다. 또한 아버지가 회상한 역사적인 사건이 그림과 말풍선으로 함께 묘사되는 만화의 특성상 독자들은 말로 이야기된 역사, 즉 '오랄 히스토리'의 이미지를 훨씬 더 실감 있게 느낄 수 있다. 그리고 이 소설은 동물을 등장인물로 설정한 책이라는 특징을 가지고 있다. 아트 슈피겔만은 모든 등장인물을 동물로 묘사하여 의인화시켰다. 유태인은 쥐로, 나치는 고양이로, 폴란드인은 돼지로, 미국인은 개로… 그리고 지금 집필하고 있는 2권에서는 프랑스인이 개구리로, 소련인은 곰으로 묘사된다.

어떤 의미에서 보면 〈쥐〉는 월트 디즈니가 "미키"를 처음 그리던 바로 그 시기에 창조되었다고 할 수 있다. 1930년대 후반과 1940년대 초반에 아트 슈

---

1. "공원에 있는 엄마와 나"(부제는 "쥐의 복수"). 1977년에 한정판으로 출판. 슈피겔만의 또 다른 작풍이 잘 나타난다. ⇨

AP/2   Mom and me in the Park, 1951 (Mouse Revenge)   spiegel

2. 1971년에 그린 3쪽판
〈쥐〉 발췌본.
슈피겔만은 여기에서 또 다른
그림 기법을 선보인다.
제일 앞 그림에 히틀러가 고양이로
그려진 점을 주목하라.
"이 당시, 나는 히틀러와
리터(쓰레기통)가 영어 운율상
비슷하다는 점을 많이 활용했다."

피겔만의 가족은 그 당시 유럽 전역을 휩쓸었던 "고양이와 쥐" 게임에 어느 누구보다 절실하게 몰두하고 있었다. 블라덱과 아냐 슈피겔만은 폴란드에 사는 유태인으로 '유태인 대학살' 이라는 말로 형용할 수 없는 공포의 시기를 헤쳐 나와야 했다. 결국 이들은 살아남았다. 덕분에 아트 슈피겔만은 1948년에 이 세상에 태어날 수 있었다.

지난 6년 동안, 전위 만화의 독자들은 슈피겔만이 부인 프랑소와즈 몰리와 공동으로 제작 편집한 잡지 〈Raw〉지에 연재되고 있던 〈쥐〉를 만났다. 잡지의 지형보다 더 크게 만들어서 안으로 접어놓은 지면에 〈쥐〉가 실려 있었던 것이다.

일생일대의 작품

〈쥐〉는 여러 가지 관점에서 아트 슈피겔만의 필생의 작품이라 할 수 있다. 슈피겔만은 〈쥐〉에 대한 아이디어를 1971년에 처음으로 생각해냈다고 한다. 이 당시, '전위 만화가' 운동의 주요 인물 가운데 한 명이었던 아트 슈피겔만은 "재미있는 동물세계"라는 만화책에 참가해 달라는 요청을 받는다. 여기에 참가하는 만화가는 누구나 등장인물을 동물로 한정시켜야 했다. 이 때, 슈피겔만은 친구인 켄 야곱스가 진행하는 '생생한 만화 그리기' 강의에 참석하고 있었다. 아트 슈피겔만은 고양이와 쥐를 소재로 한 만화에 특히 깊은 관심을 가지고 있었다. 켄

3. 〈쥐〉소설 서문에
어린 시절의 회상을 담았다.
아버지와 아들 사이의
기묘한 관계와 앞으로
다가올 공포가
예고된다.

야곱스가 슈피겔만에게 쥐 모습과 흑인 모습의 공통점을 대해 지적했던 것이다.

"듣고 나서 나는 약 45분 동안, 쥐를 흑인으로 고양이를 백인으로 설정한 4컷짜리 연재만화를 그릴까 생각했어요. 일종의 억압 구조를 상징하기 위해서요. 하지만 곧 이어 이 생각을 포기할 수밖에 없었어요. 나 자신이 이 구도와 직접적인 연관이 없다는 사실을 인정할 수밖에 없었던 거죠. 나 역시 한 명의 백인 자유주의자에 불과한 존재잖아요. 바로 그 때 이 생각이 떠올랐어요. 나 자신의 삶에 직접적으로 연관된 억압 구조를 설정할 수 있다는 생각, 집단 수용소에서 생활한 아버지와 어머니의 경험, 나 역시 유태인이라는 자각. 나는 그 당시에 아버지와 거의 만나지 않고 살았어요. 하지만 어렸을 때 집에서 들었던 이야기들이 머릿속에 남아 있었지요. 이렇게 해서 〈쥐〉에 대한 아이디어가 떠오른 겁니다."

"재미있는 동물 세계"에 실을 3쪽 분량의 쥐를 연구하면서, 아트 슈피겔만은 유태인이 쥐로 묘사 될 수 있는 여러 가지 또 다른 사례들에 대해 눈을 돌린다.

"제3제국에서 제작한 어떤 선전영화를 보니, 게토 주변에 웅성웅성 모여 있는 유태인이 나오더군요. 그러더니 갑자기 하수도 주변에 모여 있는 쥐로 바

4. "지옥 혹성의 죄수" 라는 제목의 만화책 표지 그림. 만화에 진짜 사진이 등장했다. 원래 "전위 만화"에 실으려고 만들었으나, 나중에 이 그림만 〈파괴〉에 다시 실렸다가 결국엔 〈쥐〉에 만화 전체가 삽입된다.

5. "지옥 혹성의 죄수"에 실린 일련의 자화상 가운데 한 장면. 어머니의 죽음에 대한 죄책감이 잘 묘사되어 있다. 여기서 등장인물이 죄수복을 입고 있다는 사실과 "장의사(FUN-eral)"라는 간판 가운데 "환락(FUN)"을 제외한 나머지 철자가 부분적으로 가려졌다는 사실을 주목하라. 이 그림은 슈피겔만이 죄책감에서 벗어나는 데 많은 도움을 주었다.

꿔는 거예요. 그리고 또다시 유태인이 비춰지더군요."

카프카의 '가수 조세핀'에 나오는 〈쥐 가족〉 역시 유태인을 쥐로 묘사하고 있다. 아트 슈피겔만은 어린 시절 읽었던 카프카의 책에 이런 내용이 있었던 것을 기억해냈다.

아트 슈피겔만은 자신이 "정상적"인 어린 시절을 보내지 못했다고 주장한다. 사실, 어린 시절에 카프카를 읽었다는 것 자체가 그걸 증명하는 하나의 사례일 수 있다. 아트 슈피겔만은 1948년에 스톡홀름에서 태어난다. 부모님이 상상을 초월하는 집단 수용소에서 살아남은 후 3년이 지난 다음이었다. 아트 슈피겔만이 세 살이었을 때, 이들은 미국으로 건너온다. 아트 슈피겔만은 미국으로 건너올 수 있게 된 것에 대해 가족 전체가 너무나 즐거워하던 장면을 아직도 기억한다. 그렇다, 그는 "자유의 여신상이 모습을 드러내자 모든 사람들이 뱃머리로 몰려

와 즐거워하던" 광경도 기억한다.

슈피겔만 가족은 뉴욕 시의 독립구인 퀸스의 레고 파크에 생활터전을 잡는다. 이곳은 그 당시 중산층들이 모여 사는 전원 주택지였다. 블라덱은 맨해튼에 있는 의류회사에서 일했다. 그리고 아트 슈피겔만은 "정상적"으로 자라난다.

아트 슈피겔만은 〈쥐〉의 가장 앞부분에서 이 당시의 정상적인 성장과정을 묘사한다.

"여름이었다고 기억된다. 내가 열 살인가 열한 살이었을 때… 난 하우이, 스티브와 어울려 롤러스케이트를 타고 있었는데…"

이중화법

작품의 제일 앞 두 페이지는 〈쥐〉 전편을 흐르는 이중화법을 예고한다. 블라덱의 유태인 대학살에 대한 회상, 그리고 아버지와의 관계 모색을 위한 아트 슈피겔만의 시도가 바로 그것이다.

6. 만화 그림의 "상식적인" 배열 방식을 무시하고 새로운 형태로 배치했다. 슈피겔만은 위에서 밑으로, 옆으로 가서 다시 위에서 밑으로 그림을 배열하는 방식을 통해 〈쥐〉의 등장인물들이 천정에 숨어 있다는 사실을 묘사했다. 밀고한 쥐의 머리에 머리칼을 조그맣게 그려 넣어서 다른 쥐와 차별성을 부여했다는 사실 역시 주목할 필요가 있다.

열두 살의 나이에 처크 손다이크의 〈만화 그리는 법〉 같은 책들을 우연히 접하게 된 아트 슈피겔만은 공책에 만화를 그리기 시작한다.

"한동안 심심풀이로 그렸어요. 하지만 얼마 안가서 그 자체에 몰두하게 되었지요. 나는 그림을 그리는 데 제일 많은 시간을 투자했어요. 그러다가 열네 살인가 열다섯 살일 때, 나는 '롱 아일랜드 포스트'라는 롱 아일랜드 지역신문사에 가서 일거리를 찾아보았지요. 그래서 일주일에 한 번씩 신문사에 만화를 보내게 되었어요. 이 작업은 중학생인 나에게 아주 중요한 경험이었지요. 돈은 한두 번밖에 받지 못했어요. 하지만 그 당시에 그런 건 관심 밖이었지요."

하지만 부모는 그가 "진짜 직업"에 대해 생각하기를 원했다. 부모님의 생각으로는 만화가는 돈을 버는 직업일 수 없었기 때문이다.

"부모님은 내가 의사나 법률가가 되기를 바라고 있었지요. 돈을 많이 버는 직업이잖아요. 그래서 결국은 부모님은 내가 치과의사가 돼야 한다고 마음을 먹은 것 같아요. 아버지가 생각할 때, 치과의사는 의사와 거의 비슷한 직업이었으니까요. 아버지 주장은 내가 '어쨌든 치과의사가 된다면' 낮에 돈을 벌고 밤에는 그림을 그릴 수 있지만, 만화가가 된다면 밤에 이를 뽑아야 하는데 그건 불가능하다는 논리였어요.

아트 슈피겔만은 대학에 진학한다. 어떻게든 집에서 나오고 싶었기 때문이다.

그가 대학에서 깨달은 것 가운데 하나는 모든 부

모가 한밤중에 비명을 질러서 아이를 깨우지 않는다는 사실이었다.

"그 당시까지 나는 모든 부모가 다 그러는 줄 알고 있었어요."

지나칠 정도로 자신을 과보호하던 부모에게서 벗어난 아트 슈피겔만은 일종의 히피족 대학생이 되어(이때는 60년대 후반이었다), 마약을 경험할 뿐 아니라 30대 이상의 기성세대를 믿으면 안 된다는 사고방식을 체득한다. 그리고 자신이 그린 만화를 팔 곳을 발견한다. 당시에 반 문명을 주장하던 정기 간행물 〈아더 이스트 빌리지〉였다. 이곳에서 그는 나중에 '전위 만화가들'로 자리 잡은 사람들을 만난다. 킴 데이치, 트리나 로빈슨, 로버트 크럼브가 그들이었다.

"크럼브의 작품은 나에게 아주 큰 충격을 주었어요. 그는 만화의 시각을 전혀 다르게 변모시킨 만화 예술사조의 한 분야를 대변하지요. 그 당시에 나는 크럼브와 데이치, 심지어 내 친구 제이 린치에게도 많은 영향을 받았어요. 당시에 내가 그린 그림을 보면 윌 에이스너와 하비 커츠만의 작풍이 엿보이기도 해요. 아직까진 내 것으로 소화시키지 못한 상태로 말입니다."

아트 슈피겔만은 이즈음에 신경과민이 악화된다. "나는 어린 시절의 광기에 사로잡혔어요. 환각제를 복용한 게 나쁜 영향을 미친 게 분명해요."

아트 슈피겔만은 한 달 남짓 병원 신세를 지면서, 자신이 대학에 다니는 이유에 대해서 곰곰이 생각하게 된다.

"그래서 나는 대학에 남아 있을 이유가 하나도 없다는 사실을 깨달았어요. 징집에서 빠지기 위한 이유 하나를 제외하면 말이에요. 베트남 전쟁과 징집을 앞둔 상태의 19세 대학생이 정치적인 문제에 몰두하게 되는 건 너무나 당연한 일 아니겠어요? 하지만 이 때 나는 진정으로 바라는 건 그림을 그리는 인생이라는 사실을 깨달았지요."

그러나 엄청난 고통이 또다시 슈피겔만 가족에게 몰아치게 된다. 아트 슈피겔만이 정신병원에서 퇴원한 후 몇 개월이 지났을 즈음에, 그래서 그가 스무 살로 접어들 즈음에, 그의 어머니 아냐 슈피겔만이 자살한 사건이 벌어진 것이다.

어머니의 죽음이 이미 엉망으로 변해 버린 부자간의 관계를 조금이라도 개선해주지는 못했다. 1960년대를 풍미한 세대 간의 격차가 슈피겔만 가족의 경우에는 더 심한 형태로 누적되어 있었다. 그의 부모는 40세가 넘은 상태에서 아트 슈피겔만을 낳았을 뿐 아니라, 2차 세계대전 이전의 가치관에서 벗어나지 못한 데다 유태인 대학살이라는 끔찍한 시기를 거쳤으며 정신적 육체적으로 아우슈비츠의 악몽에 계속 시달리고 있었기 때문이다.

"남들은 세대 간의 격차라고 이야기하는데, 우리 집에서는 그 정도가 아니었어요. 내가 겪은 건 세대 간의 괴리였어요. 내가 이 세상에 태어날 때 아버지는 40대였습니다. 아버지는 내가 자라난 미국의 비디오와 만화책 문화와는 전혀 다른 문화권에서 이미 반평생을 보낸 상태였지요. 그래서 우리 두 사람 사이에 공통점이라곤 거의 찾아볼 수 없었답니다."

뉴욕의 분위기에 진절머리가 난 아트 슈피겔만은 여행길을 나선다. 그래서 마침내 샌프란시스코에 가서 그곳에 모여 있는 전위 만화가들 집단에 합류한다. 슈피겔만은 이즈음에 만화의 미학에 대해 연구하기 시작한다. 이것이 오늘날 〈Raw〉지에서 완성된 모습으로 드러나는 만화 예술 미학이다.

"내 작품은 섹스와 폭력과 싸구려 스릴을 통해 독자에게 충격을 주는 전형적인 형태의 만화와는 아주 거리가 먼 것입니다. 물론 나도 이런 만화가 전위 만화의 주류라는 걸 잘 알고 있어요. 그리고 독자들에게 많은 충격을 준다는 사실도요. 하지만 만일 내 작품이 독자들에게 많은 충격을 준다면, 그건 만화에 실릴 수 없다고 생각되던 내용이 실려 있기 때문일 거예요. 만화라는 장르에 포용할 수 없다고 간주되던 사고방식 말이에요. 그리고 독자를 즐겁게 만드는 재미있는 이야기와는 너무 거리가 멀다

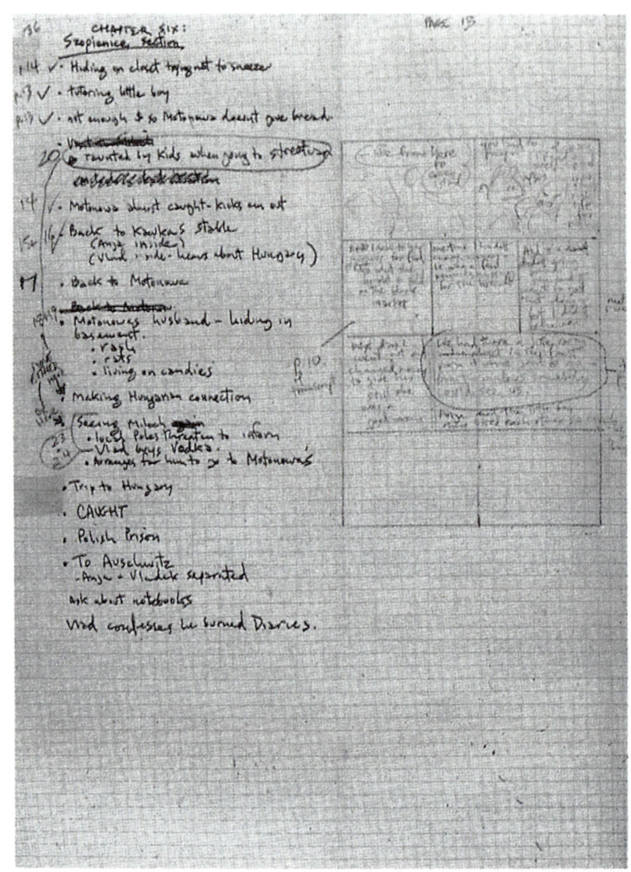

7. 〈쥐〉는 아트 슈피겔만과
아버지 블라덱이 대화하는
형식으로 시작된다.
이 작품의 매력 가운데 하나는
아트 슈피겔만이 아버지로 하여금
이디쉬어(독일어와 히브리어
등의 혼성 언어. 미국 등의
유태인이 사용한다.:역주)와
영어를 혼합해서 사용하도록 묘사해서
뮤지컬의 표현기법을
경제적으로 사용했다는 데 있다.
그는 아버지가 한 이야기를
세세하게 분석해서 어떤 이야기를
어떤 부분에 실어야 할지를 결정했다.
이 같은 고민 과정을 거치면서
"그림이 많이 담겨야 할 지면과
말이 많이 담겨야 할 지면"이
결정되었다.

는 사실 역시 일종의 충격으로 받아들여질 거예요."

최초의 〈쥐〉

1972년 즈음에 아트 슈피겔만은 3쪽짜리 〈쥐〉를 처음으로 창작한다. 이 최초의 〈쥐〉에서, 사랑스럽고 친절한 '아빠 쥐'는 아들 '미키'에게 유태인 대학살에 대한 이야기를 한다. 장편 만화에 등장하게 될 여러 가지 기법과 상징은 이곳에서 처음으로 그 모습을 드러낸다. 하지만 이곳에서는 아빠 쥐가 아들 쥐에게 "아버지는 모든 것을 다 안다"는 자세를 보이는 이상의 힌트가 별로 보이지 않는다. 여기서 우리는 흑백으로 그려진 타이틀을 보게 되는데, 1972년 판이 잉크로 그린 흑백 타이틀이라면 1986년 판 표지는 핏빛처럼 새빨간 그림의 타이틀로 변한다.

3쪽짜리에 가볍게 그려진 삽화가 발전된 것이다. 그리고 3쪽짜리 판에서 고양이 쓰레기통을 통해 표현된 상징은 나중에 아돌프 히틀러의 형상을 한 고양이 얼굴이 표지에 섬뜩하게 그려진 형태로 변화된다. 어쨌든 이 3쪽짜리 원형이 작가 자신의 아버지 이야기라는 사실을 누구도 부정할 수 없다. 어머니는 무서워서 벌벌 떨기만 하는 부차적인 존재의 '쥐'로 묘사될 뿐이다. 아버지 이야기는 "그들은 우리를 아우슈비츠로 보냈어…그래서 우리는…이제 더 이상 얘기할 수 없구나." 하는 말로 의미심장하게 끝난다.

하지만 몇 년 후에 그려진 장편 첫 권은 슈피겔만 가족이 트럭을 타고 아우슈비츠 정문을 지나는 장면으로 끝난다.

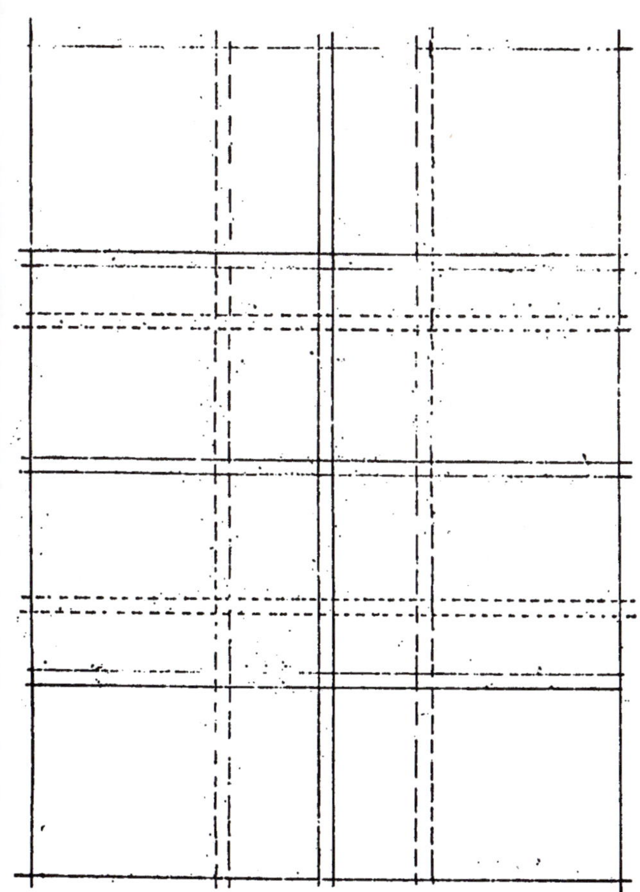

1972년 3쪽짜리 〈쥐〉를 창작한 뒤 3, 4개월이 지나서, 아트 슈피겔만은 어머니의 죽음으로 인한 정신적인 충격에 휩싸이게 된다. 어머니의 자살로 인한 질식할 것만 같은 모든 감정은 이후 4년 동안 계속된다. 하지만 4년이 지난 후, 슈피겔만은 갑자기 악몽 같은 추억에서 벗어난 자신을 발견하게 된다. 이 때, 그는 "지옥 혹성의 죄수"라는 제목의 4쪽짜리 만화를 창작한다. 〈쥐〉가 자서전 형식으로 그려졌다면 "죄수"는 고백의 형식을 취하고 있다. 헝클어진 줄무늬 죄수복을 입고 단정하지 못한 머리에 짙은 콧수염을 한 채 눈 밑에 짙은 주름살을 드리우고 있는 화자는 "1968년, 내가 스물이었을 때 어머니가 자살하셨다…아무런 말도 남기지 않고!" 하는 말로 고백을 시작한다. 표지 그림은 별들이 번쩍

이는 우주를 배경으로 글씨가 독자들을 향해 뻗어나가는 형상에, 그 왼쪽으로 한 손이 뻗어나와 아냐 슈피겔만이 아들과 함께 찍은 진짜 사진 한 장을 들고 있는 구도로 그려졌다. 독자인 우리들은 이 아들의 어깨 너머로 혹은 아들의 고통에 찌든 얼굴을 마주하면서 어머니의 자살 소식을 접한 아들의 모습과 어머니의 장례식 장면이 계속적인 악몽으로 나타나는 고통을 발견하게 된다. 아들은 자책감과 다른 사람들이 보여 주는 여러 가지 반응이 가하는 죄책감에 시달린다. 우리는 아들의 어머니에 대한 회상을, 그 다음에는 장례식장에 참석한 조문객들의 경멸감 어린 시선을 차례로 접한다. 아들은 자신을 항상 다른 등장인물과 거리감을 두게 만드는 줄무늬 죄수복을 입고 있는데, 이 줄무늬는 그림이 계속

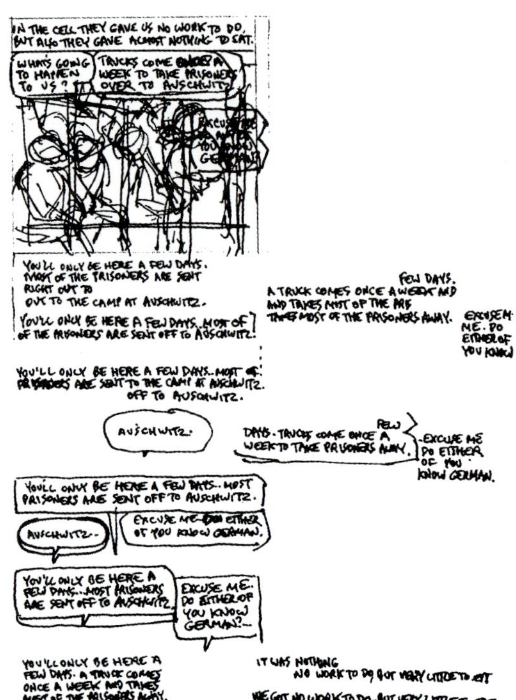

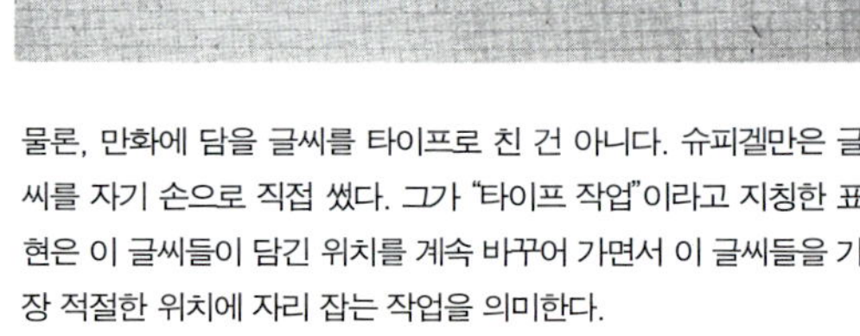

9. 지면에 담길 기본 내용과 격자가 결정된 다음, 그는 자칭 "타이프 작업"을 시작했다. "나는 어떤 부분을 어느 만큼 크게 해서 어떤 말을 담아야 하는가를 선택했습니다… 아버지가 하신 이야기를 간단명료하게 담아서 그 의미를 정확하게 나타내기 위해 나는 아버지가 하신 말씀 대부분을 압축했습니다."

물론, 만화에 담을 글씨를 타이프로 친 건 아니다. 슈피겔만은 글씨를 자기 손으로 직접 썼다. 그가 "타이프 작업"이라고 지칭한 표현은 이 글씨들이 담긴 위치를 계속 바꾸어 가면서 이 글씨들을 가장 적절한 위치에 자리 잡는 작업을 의미한다.

될수록 더 뚜렷한 형상으로 변해 간다. 마침내 화자는 감방이 여러 층으로 가득 들어찬 감옥에 갇힌다. 이번에는 쇠창살이 죄수복의 줄무늬 역할을 대신한다. 이곳에서 화자는 "어머닌 절 살해 했는데 난 여기 남아서 벌을 받아야 해요!!" 하고 절규한다. 이때, 감옥 건너편 창살 안에서 "이봐, 조용히 좀 해! 잠 좀 자게!" 라는 말이 흘러 나와 독자들로 하여금 다시 아이러니컬한 현실로 돌아가게 만든다.

1972년부터 1978년까지, 아트 슈피겔만은 전위 그룹에서 계속 활동하면서 〈플레이보이〉와 〈뉴욕 타임즈〉에 그림을 팔아 생활을 유지하다가 나중에는 '탑스 풍선껌'의 그림 자문으로 생활비를 벌게 된다. 그는 이곳에서 아이들의 수집 대상이 되는 일련의 그림 카드를 제작한다. 이 당시에 그린 작품 가운데 '왜키 팩스'라는 굉장히 유명한 그림 카드 시리즈가 있는데, 이것은 '광폭한 면도'와 '당나귀를 으깨다' 같은 그림을 흉내 낸 수집용 카드 시리즈다. 이즈음에 아트 슈피겔만이 관여한 또 다른 그림 카드 시리즈로 현대의 분노를 그린 '쓰레기통 아이들'도 있다.

최초의 책

아트 슈피겔만은 이 같은 상업용 그림을 그리면서 여러 가지 다양한 만화 기법을 실험한다.

"나는 독자로 하여금 그림 한 컷 한 컷을 눈동자와 두뇌에 새기면서 계속 일정한 경로를 따라가도록 그림을 그렸지요. 그러다 보니, 그 같은 경로를 파괴하면 어떤 현상이 일어나는지 궁금하더군요. 그래서 만든 작품이 많은 찬사를 받았지요. 하지만 독자들의 호응은 극히 미약했어요."

어쨌든 이 호기심은 아트 슈피겔만으로 하여금 최초의 책을 집필하게 만든다. 〈파괴〉가 바로 그 책인데, 슈피겔만은 원래의 전위 만화 지형보다 훨씬 커다란 지형에 열다섯 가지 이야기를 담아 이 책을 만들었다. 가로 14인치, 세로 10.25인치인 것이다. (현재 출판되는 잡지 〈Raw〉 역시 바로 이와 동일한 크기로 제작된다.) 이 책의 또 다른 특징은 표지에 적힌 제목 글씨가 아주 기술적으로 처리되었다는 데 있다.

아트 슈피겔만은 이 책에서 정상적인 경로의 표현을 "파괴"했을 뿐 아니라 – 몇몇 그림이 독자로 하여금 다른 그림에 묘사된 요소를 살펴보도록 강요한다 – 만화책에 표현되는 일반적인 색상을 파괴한 상태로 표지 그림을 그렸다. 혼합된 색상 대신 그림을 여러 층으로 입혀서 새로운 색상을 창출한 것이다. 〈파괴〉의 표지는 독자에게 다양하게 응용된 형태의 색상이 담겨진 일련의 그림을 제시한다. 또한 표지 주제를 통해 더 분명한 차원의 의미를 제시한다. 우리는 이곳에서 만화가의 자화상을 또다시 발견한다. 야성적인 눈 밑에 짙게 그려진 검은 선, 화판 앞에 앉아서 잉크병에 든 내용물을 마시고 있는 모습…잉크에 빠져 죽는 모습…파괴되는 모습.

〈파괴〉가 보여 준 또 다른 실험적인 성격 가운데 하나는 그림을 뚜렷이 식별 가능한 형태로 그리지 않았다는 데 있다. 그는 뭉크나 피카소 혹은 "렉스 모간 박사"의 작가나 루브 골드버그의 기법을 빌려, 이야기 전개의 편리성을 위해 필요한 형태로 그림을 활용했다. 이 그림들은 상식적인 형태의 표현 매체를 파괴시켜 독자로 하여금 그 속에 숨어 있는 본질을 직시하게 만든다. 독자들은 넌지시 비추어지는 의식의 흐름 속에서 방황하면서, 만화 그림은 만화 그림에 불과하다는 사실을 계속적으로 깨닫는다. 브레히트가 "예술 작품은 예술 작품에 불과 할 뿐"

이라고 지적하듯이 말이다.

하지만 아트 슈피겔만은 만화 형식에 대한 또 다른 확신을 가지고 있다.

"만화는 재생산을 위한 매체입니다. 나는 이 말이 독자 20명 이상과의 약속을 의미한다고 믿고 있습니다. 이 약속은 나로 하여금 더 많은 독자를 위해 규모가 더 크고 '약속'이 더 많이 담보된 작품을 그리게 만듭니다. 나는 내가 3쪽짜리 〈쥐〉를 창작했을 때 어떤 좋은 결과가 나올 가능성이 높다는 걸, 그래서 결국 그것으로 다시 돌아와야 한다는 걸 알고 있었습니다. 나는 또한 아버지와 어떤 형식으로든 관계를 풀어 나갈 수 있는 방법에 대해 모색했습니다. 그런데 아버지가 과거를 회상하며 말하는 이야기를 들을 때가 우리가 싸우지 않는 유일한 시간이었습니다. 그래서 나는 그 이야기들을 진지하게 정리하기 시작했습니다."

8년간의 작업 진행

그래서 유태인 대학살을 다룬 소설 규모의 장편 만화 〈쥐〉를 창작하는 8년간의 오랜 작업이 시작되었다. 작업 과정은 고통스러울 정도로 더디게 진행되었다.

물론 이 책은 아트 슈피겔만의 아버지 블라덱이 과거를 회상하는 이야기로 시작된다. 소설은 이중 화법으로 전개된다. 블라덱의 이야기가 과거를 회상하는 형식으로 전개됨과 동시에 현재를 사는 〈쥐〉의 등장인물 아트 슈피겔만이 우리에게 "아버지의 생활"에 대한 자신의 견해를 보여 주는 방식이 그것이다. 또한 만화 그림으로 표현된 소설의 특징을 활용하여, 아트 슈피겔만이 아버지로 하여금 이야기에 몰두하도록 설득하는 장면이 자연스럽게 독자에게 와 닿도록 만들었다. 또한 우리는 이 속에서 현재의 부자간의 관계를, 그리고 이 관계가 앞으로 바람직하게 전개될 수 없다는 징후를 발견하다. 블라덱은 항상 어떤 형태로든 돈을 절약하고 건강을 보존하기 위한 나름대로의 동작을 우리에게 보여 준

10. 스크래치보드를 대고 〈쥐〉를 그리던 초기의 작풍이 잘 나타난 그림. 그는 결국 그림을 훨씬 더 간단한 형태로 그리게 되었다면서 그 이유를 다음같이 설명한다. "적절한 형태를 찾기 위한 몇 가지 실험의 하나로 스크래치보드를 사용했어요. 하지만 너무 틀에 박힌 형태로 그려졌기 때문에 한 그림에서 다음 그림으로 넘어가는 데 무리가 많았어요. 그래서 결국에는 훨씬 더 자연스런 형태로 그리기로 결정했지요. 〈파괴〉에 나오는 스케치 그림처럼 말이에요."

11. "나는 그림을 집어넣을 공간과 포맷을 설정한 다음에 그림을 그리기 시작했어요. 그래서 대략 50번 정도의 스케치를 그리면서 어떤 모습을 어떻게 그릴까 결정했지요. 예를 들어 어머니가 모토노바 부인의 아들에게 독일어를 가르치는 장면을 생동감 있게 묘사하기 위해 수없이 스케치를 하다가 결국엔 실뜨기 놀이를 하면서 가르치는 그림으로 결정하는 식이었지요. 내가 어렸을 때 어머니는 나하고 실뜨기 놀이를 많이 했거든요. 그래서 어머니가 모토노바 부인의 아들과 실뜨기 놀이를 많이 했을 거란 생각이 들었던 거죠."

13. 142쪽을 그리기 위한 또 다른 스케치. 슈피겔만은 생각하는 동안에도 펜을 놓지 않고 계속 무엇인가 그리고 있음을 보여 준다.

12. 142쪽을 그리기 위한 일련의 스케치. 슈피겔만은 영상예술학교 동료 강사인 하비 커트만 에게 배운 기법으로 스케치를 했다. 우선 엷은 색상(노란색이나 오렌지 색)의 플레어 펜으로 대략의 스케치를 한 다음, 약간 짙은 색상 (녹색이나 파란색)으로 스케치를 더 뚜렷하게 만든다. "나는 세 번이나 네 번 혹은 다섯 번씩 그림을 덧붙여서 그렸어요. 한 종이 위에 말이에요. 엷은 색상에서 짙은 색상으로 옮겨가는 게 비법이지요. 그래서 결국 만족스런 그림이 그려지면, 나는 그 그림을 채광 탁자 위에 놓고 원래의 그림을 살리기 위해 잉크로 다른 종이 위에 그대로 옮겼답니다."

14. 빽빽한 색상 기법을 사용한 스케치…5장의 소제목이 적힌 지면을 그리기 위해 엷은 색상의 플레어 펜으로 시작해서 점차 짙은 색상으로 옮겨 갔다.

15. 격자로 지면의 포맷을 결정하는 작업은 시작에 불과하다. 상당수의 그림이 그 의미의 강약에 따라 그 크기와 위치가 바뀌어진다. 142쪽은 슈피겔만의 아버지가 현재 시점에서 아들에게 이야기하는 장면이 연속적으로 그려진 그림으로 시작된다.

16. 이 지면은 얼마 안 가서 바뀌었다. 실뜨기 놀이 그림을 바꾸어서 제일 앞부분에 넣은 것이다. 밑에는 마지막 부분에 실린 그림 두 개의 강조점을 바꾸기 위한 낙서가 그려져 있다.

다. 아우슈비츠 생활의 경험이 그로 하여금 건강 유지와 절약에 몰두하게 만든 것이다. 그래서 그는 독자에게 알약을 세는 장면과 아들에게 담배를 피우지 말라고 훈계하는 장면 그리고 쓰레기를 주워 모으는 장면을 보여 준다. 현재 시점을 나타내는 이 같은 장면이 나치의 추적을 피하는 슈피겔만 가족의 숨 가쁜 상황이 고조되는 중간 중간에 삽입되어 독자로 하여금 긴장을 누그러뜨릴 수 있게 만든다.

아트 슈피겔만은 몇 년에 걸쳐 아버지를 계속 인터뷰하면서 동시에 작품에 도움이 될 만한 그림을 집중적으로 탐색하기 시작한다. "창문이 정확한 수로 달려 있고…굴뚝이 정확하게 묘사된 적절한 형태의 가옥을 어떻게 그릴 수 있을까?" 고민하면서… 그래서 오늘날, 소호에 있는 천정이 높은 아트 슈피겔만의 저택 다락에는 한쪽 벽 전체가 전쟁 전의 폴란드와 유태인 대학살에 대한 배경을 설명하는 책자로 가득 쌓여 있다.

그리고 〈Raw〉가 제작되는 작업실은 바닥에서 천정 끝까지 만화사에 대한 방대한 서적으로 둘러 쌓여있다. 있다. 아트 슈피겔만은 1978년부터 지금까지 영상 예술 학교에서 만화에 대해 강의하고 있다. 이곳에서 그는 만화사라는 이 세상에서 몇 개 안되는 아주 희귀한 학과를 강의한다. 그는 또한 이곳에서 잡지 〈Mad〉를 처음 제작한 하비 커트만과 깊은 우정을 쌓게 된다. 그래서 그는 커트만에게 그림을 여러 층으로 그리는 기법을 배워, 이 기법으로 7000장 이상의 그림과 스케치를 그려서 〈쥐〉의 배경으로 활용한다.

비평가들은 지금까지 〈쥐〉에 대해 모두 다 극찬했다. 아트 슈피겔만의 유일한 불만은 다음과 같다.

"비평가들은 거의 100%가…어쩌면 98%정도가 화법에 초점을 맞춥니다. 이들은 내가 만화를 그리면서 겪은 여러 가지 '문제점과 해결책'에 대해 얘기하지 않아요. 이들은 건설에 대해서 이야기할 줄

17. 여기에서 과거를 회상하는 장면이 확대되고 현재 시점에서 이야기하는 그림이 또다시 위에서 밑으로 배치되는 형태로 마무리된다. 마지막 부분에 실린 그림 두 개는 〈쥐〉의 얼굴에 나타나는 경계심과 긴장감을 뚜렷하게 나타내기 위해 확대되었다.

몰라요. 기껏해야 암시된 내용에 대해 언급하는 게 전부일 뿐이지요."

만화를 그리는 기법

하지만 아트 슈피겔만은 만화가로서 자신이 도입한 "여러 가지 특별 효과"를 독자들이 이해할 수 있도록 만들기 위해 몇 년 동안 노력했다. 고양이와 쥐에게 인간의 여러 가지 감정을 제공해서 이들의 관계가 가지고 있는 독특한 암시를 독자로 하여금 즉시 깨닫게 한 것, 그리고 여러 가지 기법이 함께 어우러져 한 편의 소설을 멋들어지게 만든 건 전적으로 아트 슈피겔만의 작가적 능력에서 나온 것이다.

그는 독자들이 이 책의 표현 기법과 주의 깊게 처리된 그림 순서, 목적적으로 표현된 익살 (전위 만화 운동을 하던 시절의 유물), 지도와 도표의 표기 등에 주목해 주길 바란다. 심지어 그는 113쪽에서 만화 그림을 옆에서 옆으로 전개되는 일반적인 방식 대신 위에서 아래로 전개되는 방식으로 배열하기도 한다. 이곳에서 이렇게 배열한 것은 쥐들이 위에서 밑을 바라보는 걸 표현하기 위한 기법이었다. 이 기법은 7장에서 육체가 아우슈비츠의 지옥으로 떨어지는 장면을 묘사하기 위해 또다시 사용된다.

주의 깊게 살펴봐야 할 또 다른 기법 가운데 하나는 표지에 나타난다. 〈쥐〉는 표지를 종이로 만든 책 (soft cover book) 으로 그 끝에 날개판이 달려 있다. 아트 슈피겔만은 "편집자들이 표지에 인쇄하기를 바라는 모든 표현을 넣기 위해서, 그리고 하드커버의 느낌을 주기 위해서" 이 날개판을 달았다. 이 날개판의 존재로 인해, 슈피겔만은 뒤표지에 뉴욕의 레고 파크 지도가 삽입된 2차 대전 당시의 폴란드 지도를 그려 놓을 공간을 확보할 수 있었다.

"지도를 보면 어린 시절에 읽었던 추리 소설이 기억납니다…문제를 해결하는 데 필요한 온갖 종류의 비밀지도가 그려져 있었지요."

아트 슈피겔만은 독자가 이 같은 여러 가지 "해결책"에 주목해 주는 걸 기뻐한다. 먼 거리에서 초점을 맞춘 지도, 그리고 가끔 독자의 무의식을 자극해서 "아니, 이것들은 쥐잖아!" 하고 항변하게 만드는 상세하게 설명된 공간과 그림, 이 모든 게 만화가의 도구 즉, 슈피겔만이 사전에 충분히 고민하고 실험해서 찾아낸 여러 가지 "해결책" 가운데 하나다. 이러한 아트 슈피겔만의 여러 가지 "해결책"은 일반 독자들에게 커다란 인기를 불러 모은 소설 규모의 장편 만화책 속에서 그 진가를 발휘한다.

삽입

누구도 놓치지 않을 "효과" 하나는 〈쥐〉 중간에 "지옥 혹성의 죄수"를 삽입한 데서 찾을 수 있다. 쥐의 형상으로 묘사되던 등장인물 아트 슈피겔만과 블라덱 그리고 아냐가 여기에서 갑자기 인간의 형상으로 돌아온다. 이로 인해 우리는 이 이야기가 가

18. 〈쥐〉 소설에 최종적으로 인쇄된 142쪽. "나는 끝이 유연한 펠리칸 펜을 사용합니다. 나는 평상시에 보통 펜을 사용하다가 타이프 용지에 최종적으로 그림을 그릴 때는 끝이 유연한 펜을 사용하지요. 타이프 용지에 만년필로 그림을 그리면 그림을 그리는 게 아니라 원고를 쓰는 듯 한 기분이 들거든요. 그래서 수정을 하고 음영을 집어넣은 다음, 나는 그림 전체를 사진 복제 합니다. 이렇게 하면 그림이 변하지 않을 뿐 아니라, 인쇄된 그림에 가장 가까운 형태의 흑백 그림을 볼 수 있거든요. 하지만 이렇게 한 다음에 다시 고치는 경우도 가끔 있었답니다."

지고 있는 실제성을 다시 한 번 되새기게 된다. 만화책 "지옥 혹성의 죄수"를 보고 블라덱이 나타내는 반응은 우리에게 그게 실제로 일어났던 사실이라는 걸 알려 준다. 그리고 그 만화책을 들고 있는 블라덱의 손은 진짜 사진을 들고 있는 손이 그려진 표지 그림을 연상시킨다. 아트 슈피겔만은 독자로 하여금 세 가지 각도에서 자기 가족을 바라보게 만든다. 쥐로 묘사된 〈쥐〉의 등장인물로, 인간으로 묘사된 "죄수"의 등장인물로, 그리고 표지에 실린 진짜 사진으로… "죄수" 3쪽을 보면, 장의사 간판이 있는 거리 풍경이 나오는데, 여기에서 장의사(funeral)라는 단어 철자에서 환락(F-U-N)만 뚜렷하게 나타내고 나머지 철자는 모두 다 가려진딘 형태로 묘사된다. 여기에서 아트 슈피겔만은 색다른 표현 기법을 통해 두 가지 다른 현실을 제시하며, 전체 그림을 검은 테두리 안에 집어넣는다. 검은 테두리는 장례식 부고장의 검은 테두리를 상징하면서 동시에 "죄수"를 본래의 "〈쥐〉"와 구분시키는 역할을 한다. 이 같은 효과는 책을 모두 다 읽은 다음에도 유지되는데, 이러한 표현 기법으로 인해, 독자는 "〈쥐〉"를 뒤져서 "검은" 쪽을 찾기만 하면 간단하게 "죄수"를 찾아낼 수 있게 된다.

아트 슈피겔만은 예언자적인 열정을 가지고 이 같은 여러 가지 효과를 열심히 지적할 정도로 이 부분에 많은 관심을 가지고 있다.

오늘날의 아트 슈피겔만

하지만 오늘날의 아트 슈피겔만은 자화상에 나타난 야성적인 눈매에 장발을 휘날리는 모습이 아니다. 그는 실제 나이 39세보다 훨씬 젊어 보이는 외모에 면도를 깨끗하게 하고 맑은 웃음이 가득한 얼굴을 하고 있다. 이제 얼마 안 있으면 아트 슈피겔만 자신도 아버지가 될 예정이다. 그래서 그런지 그의 얼굴에 부성애가 자리 잡고 있는 것 같기도 하다. 그는 자신의 트레이드마크인 검은색조끼를 가리키며 다음과 같이 말한다.

"이 조끼는 나에게 전환기의 성직자들을 연상시켜 줍니다. 주머니가 많아서 좋아요. … 나는 연필을 너무 잘 잃어버리거든요." 일주일 사이에 〈피플〉과 〈롤링스톤〉에 특집 기사가 실리고, 텔레비전의 '굿모닝 아메리카' 프로그램에 출연하는 등, 최근에 언론의 초점을 받고 있는 그의 모습에는 겸손한 자세에 매력이 가득 담겨 있다. 또한 그는 짧은 표현으로 신속하게 얘기한다.

하지만 그 안에는 많은 생각이 담겨 있다. 그래서 그와 얘기하다 보면, 우리는 그의 절제된 언어구사 방식이 그로 하여금 유태인 대학살이라는 소재를 만화의 짧은 대화에 담는 데 많은 기여를 했다는 사실을 금방 알아차리게 된다.

〈롤링스톤〉의 로렌스 웨슬러는 슈피겔만이 〈쥐〉를 통해 만화책을 재창조했다고 말한다. 하지만 아트 슈피겔만은 "그건 다른 사람들이 판단 할 사항"이라며 그 말에 이의를 제기한다. 현재 〈쥐〉2권을 집필하고 있는 그는 "그림을 그리는 기법과 포맷은 모두 결정되었다"라고 말하면서, 이번에는 8년 대신 6년 안에 책이 완성될 수 있기를 희망한다. 그는 〈쥐〉로 인해 자신의 이름과 작품이 만화사에 자리잡게 되었다며 기뻐한다. 그에게는 열정이 남아 있다. 그는 생존자다. 이 사람 이상으로 만화사에 대해 그리고 만화의 미래에 대해 많은 관심을 기울여 온 사람은 아무 데도 없을 것이다.

주) 이 해설은 〈쥐〉 1권이 발간된 후 〈How〉지 (1987년 3/4월호)에 실렸던 것을 번역, 전재한 것이다. 이 해설이 쓰인 당시는 아직 2권이 세상에 나오지 않아 1권만을 다루고 있다는 불충분함이 있지만, 편집부에서 검토한 여러 가지 서평들 중에서 〈쥐〉의 작품성을 – 논픽션 작품으로서, 만화로서, 가장 상세하게 이해할 수 있게 해주는 해설이라는 점에서 독자들의 작품이해에 도움이 되리라 믿어 싣는다.

맨발의 겐

나카자와 케이지 글·그림 | 김송이 외 옮김

주인공 겐의 가족사를 통해 히로시마 원폭 피해의 참상과 전쟁의 광기를 생생히 묘사한 만화. 어린 소년 겐의 웃음과 눈물이 우리의 가슴을 파고든다.

- 아름드리미디어 편집부

『맨발의 겐』은 반전, 반핵, 평화를 기조로 하면서 군국주의 일본을 고발하고 천황제를 반대하고, 그리고 조선인을 비롯한 외국인에 대한 차별을 비판한다. 이것은 무거운 정치적 주장이다. 당연한 주장이기는 하나 자칫 감동적 공감을 이끌어내기가 어려운 주제이다. 그러나 『맨발의 겐』은 어린 소년 겐의 천진난만한 모습을 통하여 이러한 주제를 감동적으로 그려내고 있다. 이것이 바로 이 책의 뛰어남이다. 어린 소년 겐의 웃음과 눈물이 그대로 읽는 사람들의 가슴을 파고든다."**–신영복(『감옥으로부터의 사색』의 저자)**

정말 괜찮은 만화다. 눈치 보지 않는 만화다. 일본에서 출간되었지만, 군국주의 비판과 전쟁반대 등 보편적 정신은 세계적인 공감을 불러일으키기에 부족함이 없다. **–씨네 21**

저자의 자전적 경험이 진솔한 언어로 녹아 있다. 젊은이들을 죽음의 전쟁으로 내몰고 먹을 것이 없어 메뚜기를 구워먹는 소시민들의 현실을 거칠지만 선이 뚜렷한 그림으로 고발하고 있다. **–조선일보**

만화를 좋아하는 우리 청소년들이 이 책을 통해 만화의 기능과 힘에 대해 생각해볼 기회가 되길 바라며, 원폭의 공포스러움에 대해서도 '감'을 갖게 되기를 기대해본다. 원폭의 공포는 심심치 않게 벌어지는 원전 사고를 염두에 둘 때 우리 이웃에게 일어날 수 있는 문제이기 때문이다. **–한겨레신문**

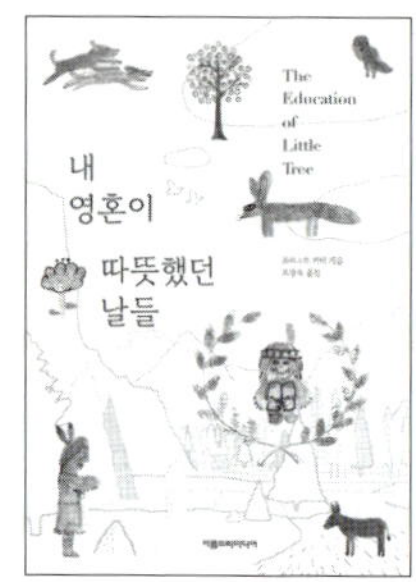

내 영혼이 따뜻했던 날들

포리스트 카터 지음 | 조경숙 옮김

흔히들 이 책을 작은 고전이라 표현하지만 내가 느끼는 것은 그 이상이다. 환경문제와 가정·인종 문제, 인간관계 등을 다시 한 번 돌아보게 만드는 이 책은 누구나 한 번씩 읽어야 하는 책인 동시에, 올바르게 읽고 이해되고 그에 따라 행동한다면 어른이든 아이든 삶을 바꿀 수 있게 해주는 책이다. - 「**파라볼라**」지

이 소설은 1930년대 미국을 배경으로 하면서, 그 주변부로 밀려난 인디언들이 전개한 영혼의 싸움을 그 줄거리로 삼고 있다. 이야기를 따라가다 보면, 우리는 때로는 웃음짓고, 때로는 분노하며, 때로는 가슴 저미는 감동을 느끼면서 가만히 우리 삶을 되돌아보게 된다. 여기에 이 소설의 생명력이 있다. 이 책의 메시지는 어찌 보면 단순하기 짝이 없다. "누구나 자기가 필요한 만큼만 가져야 한다. 사슴을 잡을 때도 제일 좋은 놈을 잡으려 하면 안돼. 작고 느린 놈을 골라야 남은 사슴들이 더 강해지고, 그렇게 해야 우리도 두고두고 사슴고기를 먹을 수 있는 거야."라는 말이 그것을 압축하고 있다. 인간다운 삶의 지속은 자연과의 올바른 관계 속에서 나온다는 것, 그렇게 하기 위해서는 마음을 더 크고 튼튼하게 가꾸어야 하며, 그 비결은 "상대를 이해하는 데" 마음을 써야 한다는 것이다. 그러나 우리는 이런 단순한 메시지로부터 얼마나 멀어져 있는가?

일견 단순해 보이는 체로키 인디언들의 생활방식 속에는 자연에 대한 세심한 배려와 이웃과 친구를 향한 따뜻한 신뢰가 깔려 있다. 그것은 이 책에서 백인 중심주의를 상징하는 여러 '정치가'들을 묘사하는 대목과 잘 대비된다. 주인공 '작은나무'가 고아원에서 겪는 일화 또한 물질만능의 기능주의 교육이 인간을 얼마나 왜소하게 만드는지 잘 보여주는 예라고 하겠다.

이 책을 읽고 나서 나는 큰 소득이 하나 생겼다. 내 아들에게 귀가 닳도록 해줄 말을 여기서 발견한 것이다. "뭔가 좋은 일이 생기거나 좋은 것을 손에 넣으면 무엇보다 먼저 이웃과 함께 나누도록 해야 한다. 그렇게 하다 보면 말로는 갈 수 없는 곳까지도 그 좋은 것이 퍼지게 된다. 그것은 좋은 일이다." - **안도현**, 『**연어**』의 저자

권희섭은 중앙대학교 영어교육과를 졸업하고 프리랜서 영어통역사로 활동하다 영국 WARWICK 대학에 유학하여 영어교육학 석사를 취득했다. 음성학, 의미론, 사전학, CALL, WELL 전문가로서 프레스센터 영어통역사와 대기업 영어교육 수퍼바이저, (주)CE 에듀케이션 리서치 팀장을 맡고 있다.

권희종은 고려대학교 영어영문학과와 같은 대학원에서 공부했으며, 전 동숭어학원 TOEFL / GRE 전문강사와 (주)CE 에듀케이션 번역 / Writing Consultant를 했다. 현재 미국 미시간 주립대학 영문학 박사과정을 밟고 있으며, 영작문과 번역 전문가로서 활동하고 있다.

두 사람은 함께 〈몬테소리 아동교육학〉, 〈국제 라이온스협회 지도력 연수교범〉, 〈IARASM 국제본부 정관〉 〈한국 고대 복식사〉 외 다수의 박사학위 논문과 책자들을 영역 또한 한역했으며 영어연설문 등을 썼다.

쥐(합본)

아트 슈피겔만 지음·권희섭, 권희종 옮김

1판 1쇄 펴낸날 2014년 5월 30일 | 1판 17쇄 펴낸날 2025년 6월 30일
펴낸이 이현성 | 펴낸곳 아름드리미디어 | 등록번호 제10-1227호 | 등록일자 1995년 11월 6일
주소 03986 서울시 마포구 월드컵북로8길 25, 3F
대표전화 02-6353-3700 | 팩스 02-6353-3702 | 홈페이지 www.gilbutkid.co.kr
편집 송지현 서진원 임하나 황설경 박소현 김지원 | 디자인 김연수 송윤정
마케팅 호종민 여하연 최윤경 오은희 김연서 강경선 | 경영지원본부 김혜윤 전예은
제조국명 대한민국 | ISBN 978-89-5582-493-3 03840

아름드리미디어는 길벗어린이㈜의 청소년·성인 단행본·그래픽노블 브랜드입니다.

spiegelman